온돌야화

- 본서는 2013년도 일본국제교류기금의 보조금에 의한 출판물이다.
  本書は平成25年度日本国際交流基金の補助金による出版物である。
- 본서는 2013년 정부(교육인적자원부)의 재원으로 한국연구재단의 지원을 받아 수행된 연구(KRF-2007-362-A00019)이다.

일본명작총서 19
식민지 일본어문학·문화 시리즈 15

온돌야화

저자 | 다지마 야스히데
공역 | 신주혜 · 채숙향

學古房

서 문 ••

    인간에게 웃음이라는 것이 없었다면 이 세상은 얼마나 쓸쓸하고 어두워졌을까? '웃으면 복이 온다', '웃는 얼굴에 침 못 뱉는다'와 같은 말들은 웃음이라는 것이 오늘날을 살아가는 사람들에게 무한한 휴식과 따뜻한 위안을 준다는 것을 시사하고 있다. 또한 웃음은 우리 마음 속 깊은 곳에서 우러나오는 거짓 없는 생각의 발로이다. 따라서 어떤 개인, 혹은 민족이 어떤 종류의 위트를 즐기는 가를 살펴보면 그 개인 혹은 민족의 경향, 사회의 모습들을 알 수 있는 것이다. 그렇기 때문에 웃음에 대한 연구는 굉장히 중대한 의미와 가치를 가지고 있다. 다지마(田島) 군은 조선에 대한 연구를 열심히 하는 사람이다. 그래서 조선에 대한 이러한 연구가 필요하다는 것을 느끼고 공무에 매진하는 한편, 이렇게 많은 자료를 수집·정리하여 이 책을 내게 된 것이다. 그 노력과 정성은 참으로 대단한 것이다. 세상

사람들은 이 책으로 조선인의 심리를 살펴볼 수 있고, 또한 본서가 민속학에 미치는 영향도 적지 않을 것이라 믿어 의심치 않는다.

대정(大正) 11년

오구라 신페이(小倉進平)

머리말 ••

    무릇 조선에서 이러한 웃음거리의 말이 전래되어 내려오는 것은 적지 아니하여 문인과 재사(才士)가 회합한 자리에서 좌흥(座興)을 더하는 재료로 많이 옮겨졌는데, 이 말을 들을 때에 우리가 몸으로 증험하길, 그 효과를 길게 설명할 필요 없이 일종의 감정을 조화하여 좌석에 화기(和氣)가 생기던 바이외다. 그러하나 이것을 수집한 책자가 수종에 불과하고, 더욱 이를 국어로 번역한 것을 보지 못하였는데, 나의 동료 전도(田島)씨가 우리말을 연구할 때, 여러 방면으로 섭렵하여 지금은 그 조예의 기쁨이 가히 경복(驚服)할만 한데, 마침내 이 무리의 말을 모아 완성하고 불민(不敏)한 나에게 책머리에 두어 말로 이 책에 대한 개략을 기록하라는 청을 받고 할 수 없이 거친 말로 두어 마디 쓰나이다.

대정 임술 첫 여름

후학 현헌 삼가 씀

•• **자서**自序

　자, 이야기꾼의 입에서 거침없니 튀어나오는 평범한 사람들의 이
야기는 얼마나 재미있는가? 부러운 것은 이야기꾼이라는 직업이다.
하지만 똑똑한 척하는 가장, 거짓말쟁이 김 씨, 상사병을 앓는 멍청
이, 도련님들에게 나는 얼마나 감사해야 하는가?

　온돌야화는 조선의 평범한 사람들에 대한 소개이다. 적어도 내게
는 어리석은 군수, 건망증이 심한 생원, 허풍선이 이방, 어리버리한
총각, 어른을 이겨먹는 소년과 얄궂은 고자, 만사태평한 영감 등과
같이 조선의 평범한 사람들과 친근해지는 것은 무의미한 것이 아니
라 더할 수 없는 광영이며 행복이라는 확신을 가지고 외람되지만 이
글을 썼다.

　단, 한 가지 두려운 것은 이 글이 군수와 생원들의 분노를 사는
것이 아닐까하는 것이다.

대정(大正) 11년 3월

목차目次 ● ●

9

15

목차目次 ● ●

13

면학가 탁씨

조선에서는 한 번 시집을 간 여자가 남편 이외의 남자와 얼굴을 맞대고 말을 섞는 것은 아녀자의 도리를 잊은 조신하지 못한 행위로 여기고 있다.

탁춘추(卓春秋)라는 사람은 세끼 밥보다 책 읽는 것을 좋아해서 평소 손에서 책을 놓지 않는 대단한 면학가였다. 어느 날 당나귀를 타고 친구를 찾아가는데, 늘 그렇듯이 가는 도중에 말 위에서 정신없이 책을 읽다가 어느새 고삐를 놓치고 말았다. 원래 질이 좋지 않은 당나귀 녀석, 도중에 걷기 싫어지자 빙그르르 방향을 바꿔 집으로 돌아왔다. 아내가 붙임성 있게 웃으며 맞이하니 이 생원은 씽긋도 하지 않고 책으로 얼굴을 덮으며,

"아아, 이 집도 끝장이군, 유부녀가 외간남자를 보고 웃다니."

15

남편을 내던지는 아내

조선의 부부는 보통 남자가 어리고 여자 쪽이 나이가 많다. 조혼은 일반적으로 남자들이 많이 하는데, 시골에서는 지금도 일고여덟 살에서 열 살씩 나이가 많은 아내를 얻은 서방님(아내가 쓰는 존칭)을 종종 볼 수 있다.

시골 사람이 어린 아들보다 훨씬 연상의 며느리를 얻었다. 어느 날 저녁 아들이 며느리에게,

"빨리 밥 줘."

라고 하자 연상의 며느리는 크게 화가 나서,

"요 건방진 놈 보게나. 밥 줘, 라니 도대체 누구한테 하는 소리야."

라고 말하며 남편의 양쪽 정강이를 잡아 지붕 위로 내던졌다. 지붕으로 내던져진 아들은 때마침 밭일을 마치고 돌아오는 어머니의 모습을 보고 지붕 위에 뻗어 있는 호박 넝쿨에 걸려 하마터면 넘어질 뻔했다. 하지만 가까스로 버티고 서서 아무일도 없다는 얼굴로 아내를 돌아보며,

"여보, 호박은 큰 걸로 할까, 작은 걸로 할까?"

두 딸을 가진 어떤 사람이 각각 사위를 얻었는데, 언니의 남편인 첫째 사위는 대단한 학자인데 반해 동생의 남편인 둘째 사위는 지극히 무식한 사람이었다. 아버지는 첫째 사위만을 아끼고 둘째 사위는 멀리 했다. 때는 바야흐로 환갑잔치날, 아버지는 첫째 사위에게,

"오늘 손님도 꽤 오실 텐데 풍월(시의 일종)이라도 하나 있어야 흥이 나지. 수고스럽겠지만 자네가 하나 만들어 주지 않겠나?"

라고 하니 첫째 사위는 "알겠습니다. 아버님이 운만 띄워 주시면 언제든지 만들어 올리겠습니다."라고 대답했다. 이윽고 손님이 모두 모였을 때 아버지는 "연고(緣故, 때문이다)"의 "고(故, 때문)"자를 운으로 띄웠다. 첫째 사위는 그 말에 답하길,

鶴之善鳴長頸故
학이 잘도 우는 건 목이 길기 때문이다.

山之高也石多故

산이 높은 건 돌이 많기 때문이다.

松之長青中硬故

소나무가 길고 푸른 건 속이 단단하기 때문이다.

路柳不長行人故

길가의 수양버들이 오래 가지 않는 건 행인들 때문이다.

라고 하자 장인어른을 비롯한 하객 일동은 무릎을 치며 칭찬했다. 그런데 단 한 사람, 옆에서 대기하고 있던 둘째 사위만은 조금도 감탄하는 기색이 없다. 그는 코웃음을 치며 이 시를 비평하길,

매미가 잘도 우는 것도 목이 길기 때문이고

하늘이 높은 것도 돌이 많기 때문이고

대나무가 길고 푸른 것도 속이 단단하기 때문이고

장모의 키가 크지 않은 것도 사람의 왕래가 많기 때문이다.

라고 하니 손님들은 모두 박장대소하고, 그의 어머니까지 앞으로 불려나가 심한 창피를 당했다.

3년 고개 三年坂

동방삭은 중국 한나라 시대 사람으로 500년을 살았다고 전해진다.

경상도에 3년 고개라는 고개가 있는데, 예부터 이 고개에서 구른 자는 3년 이내에 반드시 죽는다고 한다. 그래서 누구나 이 고개를 지날 때는 넘어지지 않도록 조심하며 지나갔다. 한 노인이 시장에 갔다가 돌아오는 길에 마침 이 고개에 접어들었는데, 어찌된 일인지 미끄러져 구르고 말았다. 노인은 이미 이 세상 사람이 아닌 것 같은 기분에, 집으로 돌아가 아들을 불렀다. 내 목숨도 앞으로 3년밖에 남지 않았다, 내가 세상을 떠난 후엔……이런 유언을 남기고 있는데 이웃에 사는 의사가 찾아왔다. 의사가 노인을 위로하며 좋은 방법을 안다고 하자 노인은 기뻐하며 좋은 방법이 있다면 빨리 가르쳐 달라고 재촉했다.

"3년 고개에 가서 한 번 더 구르는 겁니다."

19

노인은 화를 내며,

"말도 안 돼. 그런 짓을 하면 내 목숨은 그 자리에서 없어지는 거 아닌가?"

라며 베개를 번쩍 들어 때리려고 하자 그 의사는,

"자, 서둘지 말고 이 못난 늙은이가 하는 말을 들어 보시오, 한 번 구르면 3년을 산다고 하지 않습니까, 그럼 2번 구르면 6년, 3번 구르면 9년, 4번 구르면 12년이 되겠지요. 이런 솔깃한 이야기가 세상에 또 어디 있겠습니까?"

비로소 납득이 간 노인은 "그래, 바로 그거야."라며 다시 3년 고개를 찾았다. 거기서 막무가내로 구르면서 "부디 구르는 만큼 살 수 있도록 해 주시오."라고 기도하는데, 그때 허공에서 목소리 하나가 들려왔다.

"걱정하지 마라, 동방삭(東方朔)도 이 고개에서 천 번을 굴렀다."

중은 여기에 있었다

중년 또는 노년의 조선인 중에는 머리에 상투를 달고 있는 사람이 아직 많이 있다. 신식 머리는 새로운 풍속이다.

옛날에 여행 중인 한 남자가 있었다. 어느 날 밤 한 행려승과 숙소에서 베개를 나란히 하고 누웠는데, 남자가 깊이 잠든 걸 확인한 이 행려승이 남자의 상투를 싹둑 자르고 베개맡에 있던 행랑을 훔쳐 어딘가로 행방을 감췄다. 다음날 아침 잠에서 깬 남자는 행랑이 없어진 걸 알고 깜짝 놀라 주인을 불러 행려승의 행방을 물었지만 전혀 알 수가 없었다. 그러다 문득 머리에 손을 댔는데 이런, 상투가 사라진 것이다! 두 번 놀란 그 남자는,

"그래, 맞아. 주인장, 중은 여기 확실히 있었소. 하지만 이번에는 내 상투가 어디로 갔는지 모르겠구려."

'이여차'가 '옥수수경단'

　한 얼빠진 남자가 어느 날 아내의 고향에 가서 옥수수 경단을 대접받았다. 이 경단이 대단히 맛있어서 이름을 물었더니 장모가 말하길,

　"옥수수경단이라고 하네. 자네 아내가 잘 알고 있으니 먹고 싶으면 달라고 하게나."

라고 대답했다. 남자는 대단히 기뻐하며 작별을 고했는데, 도중에 잊어버리면 큰일이다 싶어서 걸으면서도 옥수수경단, 옥수수경단, 이라고 연호하며 걷는 사이에 도랑 근처에 도달했다.

　"이여차."

라고 힘찬 구호와 함께 도랑을 뛰어넘더니 그 다음부터는 옥수수경단이 이여차로 바뀌고 말았다. 이여차, 이여차, 라고 하면서 집으로

돌아오자마자,

　"여보, 이여차 좀 준비해 줘."

라고 아내에게 졸랐더니 당황한 아내가,

　"이여차? 그건 줄을 끌어당길 때 쓰는 구호 아니에요? 그거라면 줄을 끌어당기는 사람에게 가서 부탁하세요."

　얼빠진 남자는 "하지만 당신 어머니가 당신이 이여차를 대단히 잘 만든다고 했단 말이오."

　아내는 "옥수수경단은 만들 수 있지만 이여차 같은 건 몰라요."

　얼빠진 남자는 "그거야 그거. 그 옥수수경단이 바로 이여차야."

명기名妓의 남편 고르기

지금 내지에서 '당신은 지금 고마가타(駒形) 근처의 두견새라네'라는 명구를
남긴 다카오(高尾) 같은 유녀(遊女)를 볼 수 없게 된 것처럼, 조선의 기생
중에서도 시가의 도(道)에 뛰어나고 명예로운 재색을 남긴 것은 모두 옛날
기생이었다.

평양에 옥선(玉仙)이라는 명기가 있었다. 용모가 아름답고 부유한
데다가 가무음곡(歌舞音曲) 어느 하나 못하는 게 없다는, 화류계에
서 으뜸가는 인기녀였다. 항상 쾌활하고 유식한 남자를 남편으로 삼
고 싶어 해서, 누구든지 자신이 만든 시 몇 줄과 겨룰 수 있는 사람
이 있다면 평생 봉사하며 몸과 재산을 모두 허락할 거라고 말했다.
그래서 유식하고 재능을 갖춘 풍류가사(風流佳士)들이 속속 찾아와
옥선과 시를 겨뤘지만, 그 여자의 비평 앞에서는 모조리 낙제할 뿐
이었다.

　　내 집에 한 병의 술항아리 있으니
　　하늘에는 천하일품주

24

땅에는 지하일품주

큰 항아리 작은 항아리 전부 24개의 항아리라네.

김씨가 마셔도 허락하고

이씨가 마셔도 허락하니

일단 허락하고 나면 취하든 안 취하든 내 알 바 아니라네.

라는 게 옥선의 시였다.

어느 날 한 선생이 찾아와 이와 겨뤘다.

내 집에 한 권의 책 있으니

하늘에는 천문학

땅에는 지리학

큰 책 작은 책 전부 24권의 책이라네.

김씨가 배워도 가르쳐주고

이씨가 배워도 가르쳐주니

일단 가르치고 나면 통하든 안 통하든 내 알 바 아니라네.

옥선이 이를 비판하기를,

"술을 마시고 취하든 안 취하든 그건 내 알 바 아니라는 말은 들

어봤지만, 선생이 책을 가르치고 통하든 안 통하든 내 알 바 아니라
는 말은 바람직하지 않아요."

어느 날 한 의사가 찾아와 겨뤘다.

> 내 집에 한 모금의 약 있으니
> 하늘에는 천문동(天門冬)
> 땅에는 지골피(地骨皮)
> 큰 약 작은 약 전부 24모금이라네.
> 김씨가 아파도 먹고
> 이씨가 아파도 먹으니
> 일단 먹고 나면 효과가 있든 없든 내 알 바 아니라네.

옥선이 이를 비평하여,

"의사라는 자가 약을 주고 효과가 있든 없든 내 알바 아니라는 말
은 무책임하군요."

어느 날 한 산승(山僧)이 찾아와서,

> 내 집에 한 기의 부처상 있으니

하늘에는 천왕불(天王佛)

땅에는 지장불(地藏佛)

큰 불상 작은 불상 전부 24불이라네.

김씨가 청해도 빌어주고

이씨가 청해도 빌어주니

일단 빌고 나면 복이 있든 없든 내 알 바 아니라네.

옥선이 이를 비평하기를,

"산승이 부처에게 기도하면서 복이 있든 없든 내 알 바 아니라는

말은 들어 본 적이 없네요."

어느 날 한 거지가 찾아 왔다.

내 집에 한 개의 표주박 있으니

하늘에는 표주박 같은 태양

땅에는 표주박 같은 옥돌

큰 박 작은 박 전부 24박이라네.

김씨 잔치에서도 구걸하고

이씨 잔치에서도 구걸하니

일단 구걸하고 나면 끝나든 안 끝나든 내 알 바 아니라네.

27

옥선은 대단히 기뻐하며,

"거지가 술과 음식을 구걸하고 나면 잔치가 끝나든 말든 그게 거지랑 무슨 상관이 있겠어요? 당신이야말로 진정 자기를 아는 사람이군요."

라고 하며 끝내 이 거지에게 몸을 맡겼다.

선생이 학생에게 당한 이야기

서당(또는 글방)은 종래 조선의 초등교육기관으로, 6, 7세 이상의 학생이 모여 천자문, 유합, 동몽선습, 계몽편, 통감 등을 배우고, 글자나 세상의 이치, 중국의 역사 등을 습득하는 한편, 한문 작문과 작시 등도 연습한다.

　옛날 어느 서당의 선생님이 학생들의 지혜를 시험해 보시고자 어느 날,

　"너희들 중 누구라도 좋으니까 방 안에 있는 나를 방 밖으로 내보내는 사람에게는 상을 주마."

라고 말씀하시자 학생들은 모두 얼굴을 마주보며 선뜻 대답하지 못했다. 그런데 잠시 후 한 아이가 방 밖으로 나와,

　"방 안에 계시는 선생님을 방 밖으로 내보내는 건 꽤 어려운 일이라 우린 도저히 불가능하지만, 방 밖에 계시다면 안으로 넣어드릴 수는 있습니다."라고 하는 것이다.

　"밖에서 안으로 넣는 것 역시 어렵지."

라고 하면서 선생님이 밖으로 나가시니 상은 이 아이의 것이 되었다.

경성의 상인이 시골 사람에게 당한 이야기

'옷이오, 잣이오, 갓이오'는 그 발음이 음편 관계상 '오시오, 자시오, 가시오'와 같아지는 현상이 일어나, 그것이 이 이야기의 재미를 이루고 있다.

한 시골 사람이 정월 15일에 경성에 왔다. 배가 고픈 시골사람은 계책 하나를 생각해내고 어느 과일 가게 앞에 서서 주인을 향해 손가락으로 자기 옷을 가리키며 "이건 뭡니까?"라고 물었다. 주인은,

"옷이요(오시요)."

라고 대답하니 시골 사람은 "알겠습니다."라며 안으로 들어가 거기에 있는 잣을 가리키며 "이건 뭡니까?"라고 물었다. 주인이,

"잣이오(자시오)."

라고 하길래 "그럼 잘 먹겠습니다."라면서 배불리 먹고 난 뒤, 이번에는 "이건 뭡니까?"라며 자기 갓을 가리킨다.

"갓이오(가시오)."

라고 주인이 대답하니 "네, 돌아가지요."라고 하며 그대로 가 버렸다.

30

소금 장사에 이어지는 곶감 장사

영락한 양반이 먹고 살기가 힘들어지자 뭔가 장사를 하고 싶은 마음에 여러모로 궁리하다 겨우 생각해낸 것이 곶감을 한 짐 사들여서 이웃 마을에 팔러 가는 것이었다.

"곶감 사려."

라는 소리가 도저히 나오지 않는다.

"곶감 사게."

라고 하면 마을 놈들이 화를 낼 것 같아 이리저리 머리를 굴리고 있는데,

"소금 사오."

라며 소금 장수가 그 옆을 지나갔다. 양반은 재빨리 그 뒤를 쫓아가 소금 장사가,

"소금 사오."
라고 외치면 그 뒤에 이어서,
　"곶감도."

양반으로 따지면 내가 위

진사는 과거(문관시험) 합격자에게 주어지는 칭호로, 이 자격을 얻은 자는 여러 가지 높은 관직에 오를 수 있을 뿐만 아니라 성균관(유학교를 담당하는 관청)에 입학하는 것도 허락되었다. 판서는 육조(이조, 호조, 예조, 병조, 형조, 공조)의 수장직, 정2품.

동생이 형에게,

동생: "나이순으로 따지면 형이 위지만, 양반으로 따지면 형은 나한테 대적할 수 없습니다."

형: "어째서?"

동생: "형이 태어났을 때 우리 아버지는 겨우 진사였고, 내가 태어났을 때는 판서였다고 하질 않습니까?"

어느 귀머거리

광이(괭이), 광문(광의 입구), 과실(과일), 과천(과천), 과부(과부) 모두 그 소리가 비슷하다는 점 때문에 이런 우스갯소리가 나왔을 것이다.

가족 다섯 명이 모두 귀머거리였다. 어느 날 이웃 사람이 주인에게 와서,

"생님 광이 좀 줍시오(주인장, 괭이 좀 주시오)."

라고 하자 주인은,

"내 관 닷돈 주었네(내 갓은 5돈에 샀네)."

라고 대답했다. 이웃 사람이,

"아니요 괭이 좀 주서요(아니오, 괭이를 좀 빌려 달라고요)."

라고 하자 주인은,

"그 놈, 내 관(冠) 닷돈 주었다(왜 그래, 내 갓은 5돈이라고 했잖아)."

해서 어쩔 수 없이 이웃 사람은 돌아가 버렸다. 주인이 아내에게,

"웃집 아모개가 관을 뭇기에 내 관 닷돈 주엇다고 하얏시(옆집 아무개가 내 갓에 대해 묻길래 5돈에 샀다고 대답해 됐네)."

라고 하자 아내는 남편의 입을 보고 고개를 끄덕이더니 며느리를 불러서,

"접대 잘 두라고 부탁하얏는 과실 가저오너라. 아바님께서 찾는구나(지난번에 썩지 않도록 잘 두라고 했던 과일 있지? 그걸 아버지가 찾으시니 가지고 오너라)."

며느리는 남편을 잃은 과부였는데 이를 듣고 울컥 하여,

"과부 과부 내가 아무리 과부지만 밤닷 과부라 하면 누가 그리 뒷타하오(아무리 내가 과부라지만 아침부터 밤까지 과부과부 하시면 누가 칭찬이라도 한답니까?)."

옆에서 듣고 있던 하녀는,

"아이고 광에 무엇이 잇다고 광문 광문 하시오. 광문 다닷소(아이고, 그 광문이 이러니 저러니, 광 안에 뭔가 들어 있다고 생각하시는 겁니까? 광 입구는 닫혀 있어요)."

하인이 이를 듣고,

"과천은 웨 또 가라고 접때 갓다왓는대 무삼 일이 잇서서 또 가라노(과천에는 저번에 깄다 오지 않았는기, 무슨 일이 있어서 또 간

담)?"

모두가 자기 생각만해서 귀가 들리지 않는 걸 깨닫지 못하니, 소
위 자과부지(自過不知)란 이런 것이리라.

뒷간으로 도망치는 양반

상놈은 앞서 말한 상민과 같다.

어느 날 한 상놈이 관아의 지령을 갖고 양반에게 가서 가르침을 구했다. 양반은 자신의 무식함을 숨기기 위해 시치미를 뗀 채 큰 목소리로,

양반: "아아, 내가 마침 똥이 마려우니 이를 어쩌나. 물어볼 게 있으면 나중에 오게."

상놈: "그럼 여기서 기다릴까요?"

양반이 뒷간에 쭈그려 앉아 있길 약 한 시간. 다리는 저리고, 냄새는 지독하고, 똥파리는 달려들고, 이래저래 참을 수가 없게 되자 조용히 안에서 상놈의 동정을 살핀다. 상놈은 여전히 멍한 얼굴로 기다리고 있다.

양반: "내 똥은 시간이 오래 걸리는 똥이니 일단 돌아갔다가 다시

오는 게 어떤가?"

상놈: "아닙니다, 저는 딱히 볼 일도 없으니 걱정 마시고 천천히 볼일 보세요."

양반은 더 이상 참지 못하고 담뱃대를 들어 올려 뒷간 기둥을 내려치며 큰 소리로 질타하길,

"상놈의 신분으로 무례천만하게도 양반의 용변을 감시하다니 이게 어찌된 일인가. 옳지, 이렇게 된 바에는 매 100대를 때려야겠다."

이 말을 들은 상놈은 혼비백산하여 달아났다.

오만한 상놈

이전에 조선의 양반과 상민의 관계는 옛날에 내지의 사무라이(侍)와 초닌 (町人)[1]의 관계와도 비슷하다. 상민은 양반 앞에서는 실제로 고개를 들지 않았다. 양반 앞에서는 담배도 피울 수 없고, 안경도 쓸 수 없고, 수레도 탈 수 없었다. 과거에 응시해 높은 관직에 오르는 것은 물론 양반에게만 주어진 특권이었다.

옛날에 한 상놈이 소를 타고 가다가 길에서 말을 탄 양반과 마주 쳤다. 상놈이 인사를 하자 양반은 크게 화를 내며,

"발칙한 놈! 양반을 보고도 소 등에 앉은 채 인사를 하다니 언어 도단이다."

상놈이 말하길,

"그럼 양반이 걷고 있으면 상놈은 땅 속으로 파고들어가서 인사해 야 합니까?"

1 도시에 사는 상인(商人), 하쿠쇼(百姓, 농민)

이익을 먼저 먹어 버리는 참외 장사

옛날에 한 참외 장사가 있었다. 사들인 참외를 팔기 전에 미리 감정해 보니 5개 분량의 이익이 있다는 것을 알 수 있었다. 그래서 그 5개를 먼저 먹어 버리고 나머지를 지게(조선의 노동자들은 물건을 여기에 실어 등에 지고 운반한다)에 싣고 다음날 마을로 가져가기로 했다. 그런데 그날 밤 도둑이 들어 소중한 참외를 하나도 남김없이 훔쳐가 버렸다. 상인이 다음 날 아침 이를 알고 웃으며 말하길,

"별 멍청한 도둑도 다 있군. 힘들게 훔쳐봤자 손해 아닌가. 이익은 이미 전부 내 입에 들어가 버렸는데."

복주동락腹舟同樂

조선어에서는 몸의 배도 배, 타는 배도 배, 모두 같은 소리가 나기 때문에 이런 우스갯소리가 나온 것이다. 또 먹는 배도 조선어로 배라고 한다.

옛날에 한 의사, 승려, 무당이 같은 배를 탔다. 그런데 바다에서 갑자기 큰 바람이 불어와 배가 나뭇잎처럼 파도에 휩쓸려 수차례 뒤집히려고 했다. 낯빛이 변한 사람들은 모두 이 세상 사람이 아닌 것 같은 기분이었다. 이때 중은 끊임없이 나무아미타불을 외우고, 무당은 열심히 아왕만수(我王万寿)²를 외쳤지만 전혀 효험이 없었다. 그런데 의사가 일어나서 '이중탕이중탕(理中湯理中湯)'을 연호하자 이게 어찌된 일인가, 신기하게도 금세 바람이 멈추고 파도가 잦아들었다. 사람들이 그 이유를 묻자 의사가 말하길,

"원래 이중탕은 복통에 사용하는 우리의 구급약이라오. 그런데 배(船)와 배(腹)는 그 소리가 같은지라 의도(醫道)의 구급법을 통해 이를 시험해 본 것이오."

2 '우리 왕이시여! 만수를 누리시길'이라는 뜻의 주문의 일종

41

배감동종 裵甘同種

배는 성씨 배인 동시에 먹는 배라는 뜻이다. 감은 성씨 감인 동시에 먹는 감이라는 뜻이다. 그래서 이런 우스갯소리가 생긴 것이다. 배, 감은 모두 조선인의 성이다.

경상도의 부자 배(裵) 씨가 있는 곳으로 감(甘) 서방이 찾아 갔다.

"같은 집안 사람이라 찾아 왔습니다."

라고 하자 배 씨는 "어서 오시오."라며 산해진미를 대접한 후,

"나도 꼭 한 번 동성(同姓)인 당신을 찾아가고 싶으니 사는 곳을 알려 주시오."라고 하자

감 서방이 한 장의 명함을 건넸다. 거기에 감 서방이라고 써 있는 걸 보고 몹시 놀란 배 씨는,

"당신은 감 가가 아닌가?"

라고 하니 감 서방이 웃으며,

"배이나 감이나 같은 종류 아닙니까?"

겨울의 독사

옛날 어느 양반집에서 일하는 하인의 아들 중에 천성이 지극히 똑똑한 소년이 있었다. 어느 날, 주인이 하인을 불러 이르길,

주인: "요즘 아무래도 몸이 좋질 않으니 복분자가 몹시 먹고 싶구나. 수고스럽겠지만 네가 지금 산에 가서 따오지 않겠느냐?"

하인: "주인님, 그런 무리한 말씀을 하시면 곤란합니다. 이 추운 겨울날에 복분자가 어디 있단 말입니까?"

주인: "뭐라? 없어? 없다는 게 말이 되느냐? 부모를 위해 눈 속에서 죽순을 캐낸 옛사람의 선례를 모르느냐? 주인도 부모와 다름없느니라. 주인에게 최선을 다해 성심성의껏 찾는다면 없을 리가 없을 것이다."

이렇게 호되게 혼이 난 하인은 더 이상 반항하지 못하고 풀이 죽

어 집으로 돌아왔다. 그러자 소년은 기분이 좋지 않은 아버지의 얼굴을 보고 그 이유를 물었다. 실은 이러저러하다고 주인의 명령을 이야기하니 그 소년은,

소년: "아버지, 걱정하실 필요 없어요."

라고 위로하더니 다음날 아침 아버지를 대신해 주인을 찾아 갔다.

주인: "꼬마야, 네 아버지가 어제 따오라고 시킨 복분자를 아직 가져오지 않았는데 어찌 되었느냐?"

소년: "그게 말이죠. 실은 아버지가 어제 복분자를 따러 가셨다가 운이 나쁘게도 산속에서 독사에게 발을 물려서 지금 집에서 고생하고 계세요."

주인: "그 입 다물지 못하겠느냐 꼬마야, 이 추운 겨울에 독사가 어디 있단 말이냐?"

소년: "그럼 주인님, 이 추운 겨울에 복분자가 어디 있단 말입니까?"

양반은 인간이 아닙니다

아기는 하인 등이 주인의 아들 중에서 5, 6세 이하의 아이에게 쓰는 높임말.
도련님은 6, 7세부터 관례를 올릴 때까지의 소년에게 쓰는 높임말.
서방님은 관례를 마친 남자에 대한 높임말.
관례는 결혼이 성립하면 머리를 묶어 상투를 틀고 갓을 쓰는 것.
영감은 주임관 이상 칙임관급 정3품부터 종2품까지 사용하는 높임말.
대감은 친임관급 정2품 이상에 대한 높임말. 또 국왕을 상감이라고 한다.

종종 농담을 하는 하인이 있었다. 주인도 그 충직함을 아껴 그다지 심하게 책망하지는 않았다. 그런데 어느 날,

하인: "주인님, 양반은 인간이 아닙니다."

주인: "어째서 그런가?"

하인: "어릴 때는 아기, 좀 크면 도련님, 관례를 마치면 서방님, 관직을 얻으면 진사, 여보 영감, 대감……요러쿵조러쿵, 도대체가 인간이라고 부를 틈이 없질 않습니까?"

올해는 풍년

한 남자가 친구 집에 초대를 받았다. 친구는 술과 과일을 대접했는데 그 술맛은 물처럼 밍밍하고 그 감은 밤보다도 작았다. 남자가 웃으며 말하길,

"물에서 술맛이 나고 밤이 감만큼 큰 걸 보니 올해는 풍년이라고 해야겠군."

각반脚絆이 세 개

여행을 떠나는 할아버지가 각반(脚絆)[3]을 한쪽만 다리에 차고 다른 한쪽은 손에 든 채 자꾸 두리번거리며 뭔가를 찾고 있는 모습을 보고 옆에 있던 손자가,

손자: "할아버지, 뭘 찾고 계세요?"

할아버지: "각반 한쪽이 어디론가 가버렸어."

손자: "한쪽은 다리에 차고 계시잖아요?"

할아버지: "아니, 차고 있지 않아."

손자: "또 한쪽은 손에 들고 계세요."

할아버지: "아니, 들고 있지 않아."

손자: "그럼 할아버지, 각반이 세 개에요?"

3　걸음을 걸을 때 발목 부분을 가뜬하게 하기 위하여 발목에서부터 무릎 아래까지 돌려 감거나 싸는 띠

47

첫날밤의 방귀

옛날에 신부가 결혼한 첫날 밤 큰 소리로 방귀를 끼자 정나미가 떨어진 신랑이 그대로 집을 나가 버렸다. 다행인지 불행인지 하룻밤 정을 통하고 임신을 하게된 신부는 10달을 채우고 태어난 아이를 무심출(無心出)이라 이름 짓고 애지중지 길렀다. 아이는 어느새 자라 서당에 다니게 되었는데, 자꾸만 서당 아이들이,

"아버지가 첫날밤에 정나미가 떨어졌대."

라며 몰려들어 놀리니, 어린 마음에도 이상했던 아이는 집으로 돌아와 어머니에게 이게 어찌된 일인지 물었다. 그러자 어머니는,

"실은 이 어미가 이 집에 시집온 날 밤, 실수로 방귀를 한 번 크게 뀌었는데, 거기에 정나미가 떨어진 네 아버지는 그대로 집을 나가 돌아오지 않았단다. 들리는 이야기로는 지금 따로 어엿한 부인이 생

겨서 높은 지위에 올라 계신다고 하는데, 우리는 편지조차 할 수 없는 신세로구나."

라고 눈물지으며 이야기했다. 이말을 들은 무심출은 무슨 생각인지 어디선가 오이씨를 한 되 정도 사 와서 이를 들고 그 집을 찾아가 문으로 들어가자마자,

"아침에 씨를 뿌리면 밤에는 따 먹을 수 있는 오이씨가 있습니다."

라고 했다. 주인은 신기한 생각에,

주인: "정말 아침에 뿌리면 밤에는 먹을 수 있단 말이냐?"

"네, 정말이고말고요. 단, 평소 방귀를 끼지 않는 사람이 뿌려야 합니다."

주인: "뭐라? 방귀를 끼지 않는 사람? 방귀를 끼지 않는 사람이 세상에 어디 있단 말이냐?"

"하지만 어머니가 시집온 날 밤 방귀를 끼자 정나미가 떨어진 제 아버지는 그때 나가서서 아직 돌아오지 않았습니다."

비로소 사정을 깨달은 주인이 이 아이의 집안 내력을 물으니 과연 틀림없는 자기 자식이었다. 그러자 주인은 재빨리 어머니와 함께 아이를 거두었다고 한다.

고생만 하고 소득이 없는 부하

부하가 간신히 도둑을 붙잡아 관아로 끌고 왔다. 군수는 잠시 도둑을 노려보다가,

"너 같은 놈은 사람이 아니다."

라고 혼낸 뒤 부하를 시켜 오라를 풀어주고 이를 용서했다. 부하가 불평하자,

"아니다, 삼문(三門)을 나서면 그놈은 반드시 자살할 것이다. 그 행방을 보고 오너라."

부하가 가서 보니 감쪽같이 사라져서 털끝 하나 보이지 않았다. 그래서 이를 보고하니 군수가,

"사람의 탈만 썼지 사람이 아니라는 말을 듣고도 자살하지 않다니, 녀석은 더더욱 사람이 아니구나."

거울

옛날에 시골 사람이 경성에 가게 되었다. 출발 전에 아내가 "돌아오실 때 선물로 경성의 빗을 사 오세요. 혹시 잊어버리시면 저 달이랑 똑같은 모양이니 하늘을 쳐다보세요."라며 때마침 떠오른 반달을 가리켰다. 경성에서 볼일을 마치고 집으로 돌아가려고 할 때 아내의 부탁을 떠올린 남편은 어느새 물건의 이름을 잊어버린 상태였다. 그래서 휙 하늘을 올려다보니 때마침 음력 15일 밤의 둥근 보름달이 중천에 걸려 있었다. 그는 재빨리 안동(安洞)상점으로 가서 "달님처럼 둥근 것을 주시오."라고 부탁했고, 마침 동그란 거울 한 개가 있어서 이를 사서 고향으로 돌아와 아내에게 주었다. 아내가 손에 들고 보니 자기가 부탁한 빗이 아니라 그 안쪽에 한 여자의 모습이 보였다. 금세 안색이 변한 아내는 "아이코, 수도에 있는 동안 첩이 생겨서 그걸 이 둥근 것 안에 봉해 온 게 틀림없어."라며 이 사실을 바로 시어머니에게 알렸다. 시어머니가 그것을 들어 보니 한 노파가 있는지라,

"아이코, 사돈어른이 오셨네."

시아버지가 들고 보니 이번에는 6, 70세의 노인이어서,

"아이코, 어디 사는 영감인지 모르겠네."

가족 네 명이 연달아 법석을 떨고 있는데 군수가 찾아왔다. 그는 즉시 이 물건을 몰수하여 관아로 돌아왔는데, 이 물건 안에서 의관과 속대를 갖춘 위엄 있는 관리를 보고 몹시 놀라,

"나 하나도 제대로 먹고 살기 힘든 이 가난한 군에 둘이나 군수를 둘 줄 알고?"

라며 부하를 불러,

"이 괘씸한 가짜 군수를 당장 쫓아버려라."

라고 명했다.

문답일반

오리(鴨/五里) 할미새(老姑鳥/할멈(老姑)) 새장구(長鼓/新長鼓,'새'는 새롭다는 의미가 있다) 북(太鼓/北) 창(槍/窓) 눈(雪/目).
이상 뜻은 다르지만 발음은 같다는 공통점을 가진 단어들이 이 이야기를 이루고 있다. 이방은 지방관을 가리키는 말로, 군수 아래에 있는 육방 중 하나.

평양 감사가 이방의 지혜를 시험하고자 대동강에 떠 있는 오리를 가리키며,

감사: "저 오리는 10리를 날아도 5리(오리), 100리를 날아도 5리(오리)라고 하는데, 이게 어찌된 일인가?"

이방: "할미새(老姑鳥)는 오늘 태어나도 할미새(老姑鳥), 내일 태어나도 할미새(老姑鳥)라는 것과 같지요."

감사는 크게 감탄하여,

감사 "새장구(新長鼓, 장구와 같은 말)는 새 것이어도 새장구(新長鼓), 오래되어도 새장구(新長鼓)라고 하는데, 이건 어찌된 일인가?"

이방 "큰북이 북쪽에 있어도 북(太鼓), 남쪽에 있어도 북(太鼓)이라고 하는 것과 같겠지요."

감사 "창(槍)으로 창(窓)을 뚫으면 그 구멍은 창구녕(槍穴)이라고 하는가, 창구녕(窓穴)이라고 하는가?"

이방 "눈(雪)이 내리는 날에 눈물(淚)이 나면 눈물(雪水)이라고 할까요, 눈물(淚)이라고 할까요?"

이야기로 들은 것과는 많이 다른 경성

한(韓)과 육(陸)은 모두 조선인의 성이다. 한서방의 한은 숫자 1을 의미하고, 사동의 사, 이천의 이, 육서방의 육은 모두 그 소리가 숫자 4, 2, 6과 같기 때문에 이 우스갯소리가 만들어진 것이다.

경성이라는 곳은 뭐든지 두 배씩 값을 더 부른다는 말을 들은 시골 사람이 처음으로 상경해서 사동(寺洞)(지금의 인사동(仁寺洞))에 숙소를 잡았다. 그가 숙소 주인에게,

"이름이 어떻게 되시는지?"

라고 묻자 주인이,

주인: "한(韓)서방이라고 합니다."

시골사람: "아하, 알겠소. 반(半)서방이시군, 그럼 여기는 무슨 동이오?"

주인: "사동(寺洞)이라고 합니다."

시골사람: "그렇군, 그럼 여긴 이동(二洞)이겠구나."

묘하게 여긴 주인이,

55

주인: "손님 성함과 사시는 곳이?"

라고 묻자,

　시골사람: "나는 사천(四川)에 사는 십이(十二)서방이네."

　주인: "오호, 십이서방! 십이라는 성도 있습니까? 그리고 사천이라면 경상도 사천 말씀인가요?"

　시골 사람: "아니, 아닐세. 내 성은 에누리 없이 말하면 육(陸)서방이고 집은 이천(利川)이라네."

　주인이 쓴웃음을 지으며 "농담을 하시면 곤란합니다. 그럼 밥값을 받도록 할까요?"

　시골 사람: "얼마인가?"

　주인: "한 상에 15전입니다."

　시골 사람: "그럼 7전이라는 거군."

　드디어 화가 난 주인이 시골사람의 뺨을 연속으로 서너 대 때리니 시골 사람은 바싹 움츠러들어,

　시골 사람: "이야기로 들은 것과는 많이 다르구나."

환갑 축하

옛날에 어느 재상이 세 아들을 각각 장가보냈다. 61세 환갑잔치를 하기 전날 아침, 세 며느리가 함께 아침 인사를 하러 왔을 때,

"내일이 드디어 내 환갑잔치구나. 그래서 너희들에게 부탁할 게 있는데, 올해 축하 인사는 한 글자로 해 줬으면 좋겠다."

라고 하니 세 며느리는 모두 그 뜻을 받잡고 물러갔다. 드디어 다음 날이 되자, 먼저 첫째 며느리가 아기를 안고 시아버지 앞에 나타나,

"축하드립니다. 아이를 안은 여자, 좋을 호(好)자로 축하말씀 올립니다."

둘째 며느리는 갓을 쓰고 나타나,

"축하드립니다. 갓을 쓴 여자, 즉 평안할 안(安)자로 축하말씀 올립니다."

마지막으로 나온 셋째 며느리는 자기가 생각했던 글자를 모두 두 형님에게 뺏기자 잠시 생각에 잠겼다. 그러다 갑자기 양손을 좌우로 뻗고 다리를 펼치더니,

"천하태평이라고 쓸 때의 콩 태(太)자로 축하말씀 올립니다."

재상이 이를 보고 웃으며,

"태(太)자의 아래 점이 빠진 것 같구나. 큰 대(大)자가 됐어."

사촌형을 시기하는 사촌동생

사랑채는 응접실을 가리키고 내간은 여자에게 딸린 방. 내방은 주부가 기거하는 방.

사촌형의 등과4를 시기하는 사촌동생이 사촌형의 집을 찾아가니 하인이 맞이하며,

하인: "우리 나리의 과거는 어떻게 됐습니까?"

사촌동생: "주인이 과거에 급제하면 하인은 엉덩이를 맞는 거라네."

사랑채에 들어가자 조카딸이,

조카딸: "숙부님, 아버지 과거는 어떻게 됐나요?"

사촌동생: "아버지가 과거에 합격하면 아이가 게을러진단다."

내간(內間)에 들어가니 형수가,

형수: "남편의 과거는 어떻게 됐습니까?"

사촌동생: "남편이 과거를 통과하면 첩을 두게 되는데, 형수님은 상관없습니까?"

4 문관시험 즉 과거에 급제하는 것

일문一門의 총회

피(皮)는 조선인에게 많은 성씨이다.

　　피(皮) 서방이 가죽 장사를 하고 있었다. 어느 날 상품인 가죽을 가득 펼쳐서 말리고 있는 곳으로 한 친구가 찾아왔는데, 한 마디 인사도 하지 않고 가려 하자,

　　피: "이보게, 어째서 말없이 가는가?"

　　친구: "오늘은 자네 일문의 총회 같은데 나 같은 남이 낄 자리가 아닌 것 같아서 조심하는 걸세."

　　피: "어째서 우리 일문 총회라는 건가?"

　　친구: "자네 일문의 총회가 아니면 그렇게 가죽이 가득 펼쳐져 있을 리가 없지 않은가?"

억지를 잘 쓰는 과천果川의 하인

이방[이 방(房)/이방(吏房)], 배힌다[자르다/베다] 까다[까다/깔다].
위와 같이 단어 하나에 뜻이 두 개라서 이런 우스갯소리가 생긴 것이다.
좌수는 이방보다 높은 관리.

과천의 어느 숙소에 억지를 잘 쓰는 하인이 있었다. 어느 날 한
여행객이 왔는데 방이 몹시 캄캄해서,

손님: "이외야 이 방이 대단히 어둡구나(이보게, 이 방은 대단히
어둡지 않은가?)."

라고 하자,

하인: "이방이 어둡거던 좌수를 부리지요(이 방이 어두우면 좌수
(座首)를 부리세요)."

손님: "이놈 어룬네 말에 그게 웬말이뇨. 이놈 자지를 베힐나(이
놈, 어른을 놀리다니, 자지를 잘라 버릴까보다)."

하인: "자지를 베히시렴닛가? 목침이 있는대(자지를 베시렵니까?
목침이 있는데)."

손님이 웃음을 터뜨리며,

손님: "그놈이 그리하야도 또 그래. 이놈 불알을 깔가 보다(이놈, 그렇게 말해도 계속 하는 구나, 불알을 차 주랴?)."

하인: "불알을 까면 요는 덥흐시럼닛가(불알을 까시면 이불은 덥으시겠습니까?)."

말 잘하는 며느리

'해'는 국어의 히(日)에 해당하는 말로 '히'가 (태양)이라는 뜻과 (1월 2일)의 (일)이라는 뜻을 갖고 있는 것처럼 조선어의 해도 (태양)이라는 뜻과 (일)이라는 뜻을 갖고 있다.
'말'이라는 단어는 (이야기) (마을) (무게 단위 말(斗)) 등의 뜻이 있다.(또 동물 말이라는 뜻도 있다)
'지다'는 국어의 등에 짊어진다는 말로, 짊어진다와 마찬가지로 (승부에 지다) (못하다)는 두 가지 뜻을 갖고 있다.
'밤'은 (시간 단위 밤) 과 (먹는 밤)의 두 가지 뜻을 갖고 있다.
이상과 같은 단어의 관계가 이 우스갯소리의 골자를 이루고 있다.

며느리가 낮잠만 자고 있으니 화가 난 시어머니가,

"해는 짧은대 바느질은 아니 하고 낮잠만 자느냐(해가 짧은 이 때 바느질은 안 하고 낮잠만 자면 어떻게 하니)?"

라고 혼내자 며느리는,

"해가 짧으기커녕 둥글기만 합듸다(해가 짧다뇨 어머니, 해는 둥글지 않습니까)?"

라고 대답한다.

시어머니: "네 말솜시가 좃고나(대단히 말솜씨가 좋구나)."

며느리: "말이 좃다 하여도 이 말에는 기와집 하나 엄습듸다(마을이 좋다뇨 어머니, 이 마을에는 기와집 한 채 없지 않습니까?)."

시어머니: "행혀 한 말이나 질나(이런, 한 마디도 지질 않는구나)."

63

며느리: "한 말 지면 가비엽고 두 말 지면 무겁지요(한 말 지면 가볍고 두 말 지면 무겁지요……)."

시어머니는 어이가 없어서,

"너는 동지섯달 긴긴밤에 저런 궁리 하노라고 잠을 밋첫구나(너는 11월, 12월의 긴 밤에 그런 궁리를 하느라 잠을 이루지 못했겠구나)."

며느리: "길기는 요새 밤이 길어요, 오늘 노마 아비가 쟝에 가셔 밤 한 말 사왓는대 길기커녕 동글동글 합듸다(요즘 긴 밤이 있나요? 오늘 아범이 장에 가서 밤을 한 말 사왔는데 길기는 커녕 동글동글 하던데요)."

제일 무서운 것

이 세상에서 제일 무서운 건 호랑일 거야.

무슨 소리야? 강도가 제일 무섭지.

아니야, 양반이 제일 무서워.

아니, 양반인 강도가 호랑이 등에 타고 오는 게 제일 무섭겠어.

남의 짚신보다는 내 갓

옛날에 좀 모자란 남자가 있었다.

어느 날 친구 집에서 술을 마시고 돌아가다가 취기를 이기지 못하고 길 한복판에 드러누워 잠이 들었다. 잠에서 깨어보니 옆에 갓 한 개가 떨어져 있길래 자기 것이라는 생각은 못하고,

"이런 곳에 누가 갓 같은 걸 떨어뜨렸을까? 나만 횡재했군."

이렇게 중얼거리면서 갓을 줍더니 시장에 가져가 얼마 안 되는 돈에 팔아치웠다. 그리고 다시 술집에 뛰어 들어가 진탕 마시고 돈을 내고 보니 또 돈이 조금 남길래 여자에게,

"얼마 안 되지만 이걸로 짚신이라도 사 신게."

라며 건네려고 하니 여자가 말하길,

"나리, 남의 짚신 걱정보다 먼저 본인 갓을 사는 게 어떠세요?"

임기응변은 남녀의 상식

한 부부가 있었다.

남편이 첩을 두고부터는 아내의 기분이 몹시 좋지 않아 집안에 풍파가 끊이질 않았다. 이를 비관한 남편은 내가 죽으면 이런 다툼도 없겠지 싶어서 방문을 닫은 채 며칠 동안 밖으로 나오려 하지 않았다.

걱정이 된 아내는 결국 사과하며,

"앞으로는 결코 질투하지 않을 테니 제발 문을 열고 밥을 드세요."

라고 했다.

그래서 질투하지 않기로 굳게 맹세를 하고 자리에서 일어났는데, 과연 그 후에는 고양이처럼 얌전해졌다.

여기에 남자의 친구가 있었다.

마찬가지로 첩을 둔 탓에 아내의 맹렬한 질투에 시달리며 난감해

하던 그는 이 이야기를 듣고 크게 기뻐하며,

"그럼 나도 그 방법을 써보지."

라며 집으로 돌아와 방문을 닫고 식사를 끊었다.

그런데 4, 5일이 지나자 배가 고파서 당장이라도 죽을 것 같았다.

이때 아내는 옆방에서 진수성찬을 차리고, 사골국을 끓이고, 갈비를 구우니 그 맛있는 냄새가 며칠 굶은 콧구멍에 들어와 도저히 참을 수가 없어서 끝내는 문을 열고 나왔다.

"이제 앞으로 첩 같은 건 두지 않을 테니 제발 그 고기 나도 좀 먹게 해주게……"

라며 실컷 먹었다.

다음 날 친구 집에 가서 있었던 일을 이야기하자,

"5, 6일씩 먹지도 마시지도 않고 어떻게 살 수 있겠나? 난 그 사이에 말린 밤을 준비해서 그걸 갉아 먹었다네."

남자: "그럼 왜 처음부터 그렇다고 말하지 않았나?"

임기응변, 이는 남녀의 상식이다.

토끼와 개구리의 양반다툼

토끼와 개구리가 모이기만 하면 늘 양반다툼을 했다.

토끼: "이보게 개구리, 아무리 입으로 싸워 봤자야. 키를 재서 큰 쪽이 양반인 걸로 하지 않겠나?"

개구리: "좋아, 자네는 도대체 얼마나 되나?"

토끼: "발을 돋우면 하늘을 뚫고 나가지."

개구리: "그럼 하늘 위에 두부를 짜내는 주머니가 두 개 있는 걸 봤는가?"

못 봤다고 하면 자기가 거짓말한 셈이 되므로 토끼는,

토끼: "그럼그럼, 높은 곳에 주머니가 두 개 있었지?"

개구리: "그럴 거야, 그게 내 불알이라네."

빈대의 재판

옛날에 벼룩, 이, 모기가 모여서,

"양반은 나야."

"아니, 우리가 양반이야."

"뭐라고? 양반은 나지."

라며 양반다툼을 한 적이 있었는데, 전혀 결론이 나지 않아 빈대에게 가서 재판을 부탁했다.

빈대가 말하길,

"무릇 양반은 문장을 쓸 줄 알아야 하는 법이야. 내가 지금 운을 띄울 테니 그걸 갖고 너희들은 각각 문장을 만들어 보렴."

이라며 '간(間)'자와 '인(人)'자를 띄웠다.

그러자 벼룩은 재빨리,

勇躍天地間 但見一指人

(천지 사이에서 뛰어오르면 손가락이 딱 하나인 사람을 볼 수 있다.)

라고 했다. 이어서 이는,

回向腰帶間 難見直口人

(허리띠 사이에서 명복을 빌면 입이 똑바른 사람을 보기 어렵다.)

끝으로 모기는,

飛入珠簾間 頻見打頰人

(날아서 주렴 사이로 들어가면 자꾸 뺨을 때리는 사람을 볼 수 있다.)

빈대가 판결하여 말하길,

"이거야 원, 다들 양반이로구나."

단점을 버리고 장점을 취한다

절름발이가 지나가는 것을 보고,

"이보게, 저 사람은 다리 한쪽이 짧군."

이라고 하자 상대 남자가 이를 듣고 책망하길,

"남의 단점을 말하면 못 쓰네."

"그럼 뭐라고 하면 좋은가?"

"한쪽 다리가 길다고 하게."

마지막 명령

아버지의 명을 거스르기만 하는 아이가 있었다.

아버지는 임종 때 시신을 높은 봉우리 위에 장사지내도록 유언했다.

아버지가 돌아가신 후 명령대로 처리하니 마을 사람들이 왜 평지에 장사지내지 않았냐고 물었다. 그러자,

"임종 때 하신 명령만큼은 들어야죠."

무사해결

형의 아내와 동생의 아내가 이에 대해 말싸움을 하기 시작했다.

형님: "이는 솜 찌꺼기에서 생기는 거야."

동서: "아니오, 이는 실 찌꺼기에서 생기는 거예요."

결론이 나지 않자 학자에게 가서 물었다. 학자가 대답하길,

"맹자가 말하길, 이는 솜 찌꺼기가 변해서 생긴 것도 있고, 실 찌꺼기가 변해서 생기는 것도 있다고……"

포천抱川의 소

생원은 나이 많은 양반.
온돌은 바닥 아래서부터 불을 피워 데우는 방.

포천의 윤(尹) 생원과 양주의 이(李) 생원은 친척 사이이다.

어느 날 두 사람이 시장에서 우연히 만났다.

어쩐 일이냐고 물으니 둘 다 소를 팔러 왔다는 것이다.

"그나저나 오랜만에 만났는데 한 잔 하면서 이야기나 하지 않겠나?"

소 같은 건 안중에 없이 술집에 가서 잔을 주고받으며 실컷 마신 두 사람은 흠뻑 취하고 말았다.

그 사이에 날은 저물고 시장에 와 있던 사람들도 모두 돌아가 버리자 어쩔 수 없이 두 사람은 다시 팔러 온 소 등에 올라타고 재회를 약속하며 자기 집으로 돌아갔다. 그런데 취한 탓에 윤 생원은 이 생원의 소로, 이 생원은 윤 생원의 소로 바꿔 탔다는 걸 눈치 채지 못했다. 정식한 소들은 주인을 무사히 자기 집으로 모시고 왔고, 기

75

다리고 있던 부인들이 이를 맞이했다.

　모두 정신없이 취해서 불을 켤 새도 없이 그대로 온돌에 재우고 본인들도 그 옆에서 잤는데, 다음날 아침 눈을 떠보니 이게 어찌된 일인가, 본 적도 없는 사람들이 누워 있었다. 둘 다 깜짝 놀랐지만 누구를 딱히 원망할 수도 없으니, 일단 한 마디 하자면 포천의 소가 잘못했다고 해야 할까.

좌주座主의 재치

주사, 좌수는 모두 관명(官名).
'돌'은 물체 '돌'이라는 뜻과 돈다는 뜻이 있다.
'맨'은 전부라는 뜻과 '매다'라는 뜻이 있다.

안동(安東)의 부사가 좌수의 지혜를 시험해 보고자,

부사: "저 담은 돌담[돌로 된 담/둘러친 담]이지만, 왜 돌지 않고 가만히 있는 건가……"

좌주: "맨돌담[전부 돌로 된 담/매어 둔 돌담]이라서 돌 수가 없습니다."

77

붓친다

이 짤막한 이야기는 '붓친다'라는 말이 투함(投函)(편지 등)이라는 뜻과 붙인다는 뜻을 갖고 있기 때문에 생긴 것이다.

한 남자가 편지를 써서 하인을 불러,

"이 편지를 얼는 우편국에 가서 붓치고 오너라(이 편지를 당장 우체국에 갖고 가서 부치고 오너라)."

라고 하니,

"풀이 잇셔야 붓치지요(풀이 없으면 붙지 않아요)."

선생님 가죽은 개가죽

'가죽'은 집의 대나무라는 뜻의 '가죽' 같은 소리로, 짐승의 가죽이라는 뜻.
'개가죽'은 모두 좋은 가죽이라는 뜻의 '개가죽'과 같은 소리로, 개(犬)의 가죽이라는 뜻.
선생님 댁 대나무는 모두 좋은 대나무입니까?/선생님의 가죽은 개의 가죽입니까?
위의 마지막 문장은 이런 두 가지 뜻을 갖고 있다.
사람을 가축에 빗대는 것은 조선에서 가장 많이 쓰는 욕이다.

한 서당의 선생님이 대나무 막대기를 들고 있는 학생에게,

"그 대나무 막대기를 어디서 갖고 왔느냐?"

라고 물으셨는데 대답을 하지 않자,

선생님: "내 집 대나무를 꺾은 것이로구나."

학생: "그걸 어떻게 아십니까?"

선생님: "그런 질 좋은 대나무는 아무데도 없기 때문이지."

학생: "그럼 선생님 가죽(家竹)은 개가죽(皆佳竹)입니까?

시끄러운 참새 소리

조선에서는 놀랐을 때 혀를 내미는 습관이 있다.

눈이 휘둥그레진 남자가 혀를 내민 채 들어 왔다.

친구: "무슨 일인가?"

남자: "지금 길에서 족히 14, 5장(丈)은 될 법한 큰 뱀을 봤네."

친구: "농담하지 말게. 아무리 크다고 해도 14, 5장이나 되는 큰 뱀이 있을 리가 있나?"

남자: "아니, 14, 5장은 거짓말이지만 정말로 6, 7장은 되네."

친구: "6, 7장도 거짓말이지?"

남자: "그럼 3, 4장."

친구: "1장도 거짓말일 거야."

남자: "아니, 실제로 큰 뱀이 있었는지 없었는지 모르겠지만, 대숲 속에서 참새가 몹시 시끄러운 소리를 내고 있었네."

호랑이 꼬리

　강원도 회양(淮陽)에 사는 유(柳) 생원이 두 아들을 데리고 산에 성묘를 하러 가는데, 길에 꿩의 꼬리가 하나 떨어져 있었다.

　작은 아들이 그걸 줍더니,

　"와, 여기에 토끼 꼬리가 떨어져 있네."

라고 하자 큰 아들이,

　"멍청하긴, 토끼 꼬리가 그렇게 클 리가 있냐, 그건 당나귀 꼬리야."

　유 생원이 이를 듣고,

　"난감한 녀석들 같으니라고. 내가 죽으면 어쩌려고 저러는지. 여기저기 점이 있는 걸 보면 호랑이 꼬리라는 걸 알 법도 한데."

뻥쟁이 명인 허풍선虛風扇

조선에서 제일 큰 불상인 충청남도 은진의 미륵불은 높이가 8장 8척 8촌
이며 화강암으로 만들어졌다. 지금으로부터 950년 전에 완성된 것이다.

옛날에 어느 재상이 관직에서 물러난 후, 장난삼아 거짓말을 세
번 해서 내 코를 납작하게 만든 자에게는 돈 천냥을 주겠다는 광고
를 냈다.

거짓말을 잘 하는 무리가 번갈아가며 나타났지만, 처음 두 번까지
는 잘 속여도 마지막 한 번이 아무래도 진짜라는 티가 나서 모두 물
러갔다.

그런데 어느 날 허풍선이라는 자가 찾아 왔다.

"나에게 동전이 한돈 있다면 난 내 평생은 물론, 자손대대로 돈을
내지 않고 고기를 먹는 방법을 알고 있습니다. 먼저 한돈 중 반 돈
으로 소를 한 마리 사고 나머지 반 돈으로 쇠로 된 큰 상자를 삽니
다. 그리고 이 소를 쇠 상자 안에 넣고 상자 한쪽에 작은 구멍을 하

82

나 뚫어 놓습니다. 그렇게 하면 소가 점점 자라면서 작은 구멍으로
살이 삐져나옵니다. 그걸 칼로 잘라 먹는 겁니다. 손님이 와도 바로
내놓을 수 있습니다."
라고 했다.

　이 말을 들은 대감은,

　"정말 무서운 녀석이군. 처음부터 이렇게 거짓말을 잘하니 마지막
에 어떤 말을 꺼낼지 알 수가 없어. 이제 정신 바짝 차리고 진짜 이
야기라는 걸 증명해야 돼."
라고 생각하며 빨리 그 다음을 재촉했다.

　"저를 대감님 댁 미인 따님의 사위로 삼아 주신다는 약속을 하셨
지요?"

　대감이 만약에 딸이 없다든가, 그런 약속은 한 적이 없다고 하면
상대의 말이 거짓말이 되고, 거짓말이 아니라고 하면 소중한 딸을
줘야 하니 어쩔 수 없이,

　"거짓말을 꽤 잘 하는구나."
라고 칭찬하며 다시 단단히 마음을 가다듬은 후 그 다음을 재촉하자
허풍선은,

　"충청도 은진(恩津)의 미륵불 말인데요, 그건 사실 제 것입니다.

그런데 몇 해 전 그 미륵 머리 위에 큰 대추나무가 자라더니, 작년에는 대추가 엄청나게 열렸어요. 그런데 나무가 너무 크다 보니 딸 수가 없어서 고춧가루를 갖고 와서 미륵의 콧구멍에 확 끼었었지요. 그랬더니 재채기가 난 미륵 선생이 재채기를 할 때마다 머리를 흔드니까 열려 있던 대추가 몽땅 떨어졌어요. 그걸 큰 배에 싣고 진남포(鎭南浦)까지 가져가 팔았더니 십만냥이 되었습니다. 그 십만냥으로 삼베를 사서 주머니를 만들어서 동남풍을 그 주머니에 가득 담아 경성에 오니 때마침 한여름이었던지라, 아니, 바람이 잘 팔리고 안 팔리고에 대한 이야기가 아닙니다. 한 주머니에 천냥이라는 가격을 받고 팔았는데, 그때 대감도 천 냥짜리 주머니 하나를 사셨으니 오늘은 꼭 그 돈을 주셔야겠습니다."

라며 손을 내미니 대감도 이 또한 어렵구나, 이 또한 어려워, 라며 허풍선의 말대로 그에게 천냥을 건넸다.

밥 먹는 것만은

경성의 재상이 너무 지루한 나머지 시골에서 온 손님에게,

"자네, 바둑 둘 줄 아나?"

라고 묻자,

시골 사람: "바둑은 못 둡니다."

재상: "장기는 어떤가?"

시골 사람: "장기도 못 둡니다."

재상: "가루타(骨牌)[5]는?"

시골 사람: "가루타도 못 합니다."

재상은 화가 나서 "다 못 한다고 하는데, 그럼 도대체 할 줄 아는

게 뭔가?"

라고 하자,

시골 사람: "밥 먹는 건 할 줄 압니다."

5 일본의 카드 게임으로, 주
로 정월에 실내에서 한다.

85

불량한 사촌

조선어의 사촌은 촌수로 사촌(四寸)이라는 뜻이다.
파자점이란 점의 일종이다. 점을 보는 사람이 가리킨 한 글자에 의해 점술사,
즉 파자 점쟁이가 그 사람의 운명을 점치는 것으로 옛날에는 꽤 성행했던
듯하다.

어느 날 사촌형제인 두 남자가 같이 여행을 떠났는데, 한 사람은 돌아오고 다른 한 사람은 행방을 전혀 알지 못했다.

그 아내가 걱정이 돼서 파자(破字)점쟁이를 찾아가 가리킨 글자가 울(鬱)자였다. 파자점쟁이는 즉시 이 글자를 풀이하길,

"임간일모(林間日暮)하야 사촌불량(四寸不良)이라."

고 하니, 즉 무사히 돌아온 남자가 오는 길에 숲 속에서 저녁 무렵 남편을 살해한 것이라고 판단했는데 과연 그 말대로였다.

왕과 거지

옛날에 한 왕이 있었다.

거지 차림을 한 왕이 당시 명인이라고 평판이 자자한 모(某) 파자 점쟁이를 찾아가 눈을 감고 가리키신 글자는 문(問)자였다.

"오른쪽 왼쪽이 군왕이니(右君左君) 군왕의 상이라(君王之相)."
라며 점술사는 즉시 그가 왕임을 간파했다.

그런데 이 이야기를 들은 한 거지가 그날 저녁에 왕후의 옷을 아름답게 차려입고 그 점술사 집을 찾아가 일부러 문(問)자를 가리켰다.

"입에 문에 걸렸으니(口懸於門) 걸인의 상이라(乞人之相)."
라며 점술사는 즉시 그가 걸인임을 간파했다고 한다.

왕과 점쟁이

옛날에 한 왕이 지극히 소박한 차림을 하고 파자점쟁이를 찾아가 인사 대신 들고 있는 지팡이로 땅 위에 글자 하나를 쓰셨다.
"토(土)자 위에 일(一)자를 쓰니(土上畫一) 임금(王者)이라."
라며 후히 대접해 드렸다고 한다.

원숭이의 재판

개와 여우가 고기 한 덩이를 주웠는데 서로 내 것이라고 싸웠다. 결론이 나지 않아서 원숭이를 찾아가 재판을 부탁했다.

칼과 저울을 가져 온 원숭이는 칼로 고기를 썰어 두 개로 만들고 두 개를 저울에 달았는데 한쪽이 약간 무겁다.

그래서 무거운 쪽을 살짝 베어내고 다시 재보니 이번에는 다른 한쪽이 무겁다.

다시 베어내고 재니 또 다른 한쪽이 약간 무겁다.

베어내고 재기를 반복하는 사이에 고기는 전부 사라져 버렸다.

머리를 잊은 남자

힘이 센 남자, 잘 까먹기로 유명한 남자, 욕심이 많은 남자, 이렇게 셋이서 여행을 하다가 커다란 고목(枯木)에 난 구멍에서 벌집을 발견했다.

욕심이 많은 남자가 재빨리 머리를 집어넣고 그 꿀을 핥았는데, 너무 깊이 들어간 탓인지 빼려고 해도 머리가 나오지 않는다.

힘이 센 남자가 다리를 잡고 끌어당기니 머리가 잘리고 몸만 나왔다.

잘 까먹기로 유명한 남자가 이를 보고,

"아이코, 이 남자가 집에서 나올 때 머리를 잊어버리고 왔구나."

생사를 함께 하기로 맹세한 세 명의 도둑

옛날에 군수가 순행(巡行)6을 하고 있는데 길에 세 구의 시신이 놓여 있었다.

연유를 알아보니 생사를 함께 하기로 맹세한 세 명의 도둑이 어느 부호의 집에 들어가 막대한 돈을 훔쳤다고 한다. 그런데 보이지 않는 곳에서 돈을 나눌 때, 두 사람이 짜고 한 사람을 죽였다. 그리고 남은 두 명이 돈을 둘로 나눴는데, 그 중 한 사람이 또 나쁜 마음을 먹고,

"오랜만에 짭짤한 수익이 생겼으니 한 잔하며 축하하세."

라며 술집에 가서 술을 사고 여기에 독을 섞어 가지고 돌아 왔다.

또 다른 남자는,

6 나라 안을 두루 살피며 돌아다니는 일

"그 녀석만 죽여 버리면 오늘 번 건 다 내 차지야."
라고 욕심을 내어 술을 갖고 들어오는 놈을 단칼에 죽였다. 마지막 남은 남자는,
　"이제 일단 안심이군. 축하할 겸 술이라도 마실까."
라며 죽은 남자가 방금 사온 독약이 든 술을 꿀꺽꿀꺽 마시니 금세 독이 퍼져 죽고 말았다는 것이었다.

배가 뒤집히라고 기도하는 남자

갑자기 찾아온 폭풍우에 배는 나뭇잎처럼 큰 파도에 휩쓸려 당장이라도 뒤집힐 것 같았다.

승객 일동은 이미 저 세상 사람이 된 기분으로 목숨을 구해달라고 신불에게 기도했다.

그런데 그 중 한 남자만이,

"신이시여, 제발 빨리 이 배를 뒤집어 주십시오."

라고 기도했다.

다행히 잠시 후 바람이 멎고 파도가 잦아들었지만 사람들은 이 남자를 붙잡아,

"이 오뚝이 낯짝 같은 놈아, 어째서 뒤집히라고 빈 거냐?"

라고 따졌다. 그러자 그 남자가,

"여러분은 내 덕에 목숨을 구했다는 걸 모르겠는가?"

라고 하길래 그 이유를 물으니,

"사실 나는 지금까지 힘든 일과 슬픈 일을 당할 때마다 신에게 울며 매달렸지만, 단 한 번도 소원이 이뤄지지 않고 항상 그 반대의 결과만 나왔소. 그래서 오늘은 반대로 빌었던 거요. 혹시 구해달라는 식으로 빌었다면 아마 여러분은 지금쯤 익사체가 되었을 거요."

화회동華會洞의 고자와 영변寧邊의 신申 씨

고자는 생식기가 없는, 또는 생식기가 이상하지만 남성의 모습을 하고 있는 자.
고녀는 고자와 반대로 생식기관이 완전하지 못한 여자.
내시는 남자의 고환을 떼어낸 자, 궁녀를 단속하는 자로, 중국의 환관과 비슷하다.

옛날에 화회동에 대단히 말을 잘하는 고자(불알이 없는 자)가 있었다.

매일 동네 재상댁 사랑채에 와서 하루를 보냈는데, 항상 이 재상에게 에둘러 욕을 했다.

그런데 이 재상은 대단히 말주변이 없는 남자로, 한 번도 고자를 말로 이기지 못했다.

어느 날 평안도 영변에 사는 신(申) 진사라는, 소진장의(蘇秦張儀)[7]도 맨발로 도망갈 달변가가 찾아 왔는데 재상이 몹시 기뻐하며,

"실은 이 동네에 고자가 하나 있는데, 항상 나에게 에둘러 욕을 해서 창피를 주네. 분해서 참을 수가 없으니 자네의 달변으로 그에게 창피를 줘서 평소의 내 울분을

7 말을 잘하는 사람을 이르는 말

풀어줬으면 좋겠군."

이라고 부탁했다.

그 다음날, 재상의 사랑채에 가득 찬 빈객(賓客) 중에는 그 고자도 섞여 있었다. 고자는 신 진사와 인사를 마치고 나서,

고자: "영변이라는 곳은 지나(支那)[8]와 경계를 이루는 곳이니 자연히 그 나라와 교류도 빈번하고 지나인의 씨도 많이 섞여 있겠네요."

신: "그렇지요."

고자: "그럼 영변 사람은 혼혈아라는 거군요."

신: "혼혈아는 따로 키우고 있습니다."

고자: "어떤 식으로요?"

신: "만일 지나인과 혼혈인이 태어나면 남자 아이는 말 꼬리로 불알을 묶어 3개월 정도 그대로 둡니다. 그러면 자연히 불알이 떨어지고, 불알이 떨어지면 이를 경성의 화회동에 양자로 보내는 거죠. 여자는 태어나면 마찬가지로 화회동에 시집을 보내게 되어 있고요."

라고 대답하자 모두 손뼉을 치며 박장대소하니, 고자는 불이 난 것처럼 얼굴이 빨개져서 물러갔다.

8 중국의 다른 이름

양반이 박아지博愛之라면 상놈은 함지박

박아지는 한퇴지의 원도편에 있는 구절로, 이를 조선어로는 '박애지'라고
읽기 때문에 박아지라는 소리와 대단히 비슷하다.
박아지는 박을 반으로 갈라 만든 것으로, 물을 긷거나 물건을 넣는 기구이다.
함지박은 나무를 베어 내어 만든 것으로 물이나 그 밖의 물건을 넣는 데
쓰이는데, 박아지보다는 훨씬 크다.

주인 양반이 평소 한퇴지(韓退之)의 원도편(原道編)을 읽고 과거
에 합격했다.

하인이 그 후 밤이 되면 반드시,

"함지박, 함지박"

이라고 큰 소리로 외쳐서 주인이 그 이유를 물으니,

하인: "나리는 평소 박아지(博愛之)를 읽으시고 과거에 합격하셨
으니 저는 함지박으로 등과하려고요."

주인: "어째서 함지박이라고 하는 거냐?"

하인: "주인님은 양반이잖아요. 그래서 박아지로도 충분하지만,
저는 상놈이니 박아지보다 큰 게 아니면 안 될 것 같아서요."

속지 않는 조^趙 생원

조 생원은 상당히 재밌는 노인으로, 당나귀가 우는 걸 보고 하품한다고 하는 남자였다.

어느 날 한 건방진 소년이 손자를 찾아왔는데 노인과 마주치자,

"평안한가?"

라고 말했다.

조 생원이 크게 노하여,

"건방진 꼬마 놈 같으니라고, 어른에게 인사하는 데 기운이 어떠십니까, 라고 하지 않고 평안한가, 라고 하다니 이게 어찌 된 일이냐?"

라고 호되게 혼을 내자, 원래 귀가 어두운 노인을 경멸했던 소년은 큰 목소리로,

"제가 뭐라고 했다고 그렇게 혼을 내시는 겁니까?"

라고 반문하자 노인이,

　"내가 귀가 어둡다고 속이려고 해도 소용없다. 귀는 어두워도 눈까지 어둡진 않단 말이다. 평안한가, 라고 하면 입이 크게 벌어지고 기운이 어떠십니까, 라고 하면 입이 둥글게 돼. 아까 네가 인사했을 때는 입이 크게 벌어졌단 말이다."

여름 기러기, 가을 은행

훈련원은 병사의 시재(試才), 무예 연습 및 병서 강습 등을 관장하는 관가.

옛날에 재상이 있었다.

남에게 속지 않는 것이 특기였다.

어느 날 모두에게,

"누구라도 좋으니 나를 속일 수 있는 자에게는 돈 천냥을 주겠다."
라고 말했다.

손님 중 한 사람이,

"제가 젊었을 때의 일입니다. 종종 친구와 훈련원에서 활을 쏘곤
했는데, 어느 날 모두가 하늘을 나는 기러기를 쏘아 죽이면 한 턱 내
겠다고 말씀하셔서 반 장난으로 쐈습니다. 그런데 운 좋게 맞춰서
모두가 은행을 대접받았습니다. 그 은행이 터무니없이 큰 은행이었
어요. 흠, 사발(도기로 된 식기, 직경 5, 6촌(寸))정도의 크기였어요."

재상: "이거야 원, 사람 무시하지 말게. 사발만한 은행이 어디에 있단 말인가?"

손님: "아니, 사발은 좀 과장됐지만 확실히 밥공기 정도는 됐어요."

재상: "밥공기 정도의 은행도 없어."

손님: "사실은 도토리 정도의 크기였지요."

재상: "흠, 그 정도였겠지. 어떤가? 아무리 속이려고 해도 안 속지?"

손님: "아니오, 대감은 속으셨어요."

재상: "어째서 속았다는 건가?"

손님 "무릇 기러기는 가을에 볼 수 있는 동물이고, 은행은 여름에 볼 수 있지 않습니까?"

재상이 무릎을 치면서,

"이런, 완전히 속았군."

1냥 2돈짜리 삼베

입도 싸고 손도 잰 아내가 어느 날 삼베를 한 필 짜서 남편에게 건네며,

"이걸 1냥 2돈에 팔아 오세요."

라고 시켰다.

남편이 시장에 갖고 갔지만, 아무도 1냥 이상을 주고 사려는 자가 없었다.

어쩔 수 없이 팔지 못 하고 돌아오는 도중에 용변이 마려워서 들고 있던 삼베를 옆에 두고 용변을 보고 있는데, 그 사이에 지나가던 한 도둑에게 삼베를 뺏기고 말았다.

남자는 혼자서 말하길,

"아무리 팔려고 해도 1냥 이상에 사는 사람이 없는 삼베를 훔쳐서 2돈 손해를 볼 생각인가……"

102

억지를 잘 쓰는 허세꾼

옛날에 가난하면서도 몹시 허세를 부리고 싶어 하는 남자가 있었다.

어느 날 지갑을 털어 보니 드물게 동전 한푼이 나왔다. 남자는 이 돈으로 비지를 사서 배를 채우고 너무나도 맛있는 진수성찬이라도 먹은 것처럼 연신 입맛을 다시고 있었다. 이 모습을 본 친구가,

"자네는 무슨 진수성찬을 먹었길래 그렇게 입맛을 다시고 있는 건가?"

라고 물어다.

"돼지고기를 잔뜩 먹었거든."

이라고 하며 한 번 더 입맛을 다신 순간, 입에서 좀 전에 먹은 비지가 튀어나왔다.

친구가,

"이보게, 이건 비지가 아닌가?"
라고 하자 남자는 즉시,
　"하하……아까 먹은 돼지가 비지를 먹었나보군."

당나귀 알

산 속 어느 마을에 젊은 부부가 살고 있었다.

남편이 너무 멍청해서 아내는 항상 이를 걱정했는데, 어느 날 아내가 삼베를 한 필 짜서,

"이걸 들고 시장에 가서 판 돈으로 술이랑 점심을 먹고, 그래도 남으면 뭐라도 좋으니까 아무거나 사 오세요."

라며 건넸다.

멍청한 남편은 아내가 시킨 대로 삼베를 들고 시장에 갔는데, 다행히 90전에 팔려서 술과 밥을 먹으며 배를 채우고, 또 남은 돈을 들고 뭔가 싼 게 없을까 하고 마을 이곳저곳을 찾아다니던 중, 어느 가게에서 번질번질 빛날 만큼 새카맣고, 크기는 방구리(물을 길을 때 쓰는 원형 토기) 징도 되는 둥근 것이 눈에 들어왔다.

뭐냐고 물으니 당나귀 알이라며, 가격은 1원인데 80전으로 깎아 준다는 것이다.

80전은 없으니 70전으로 깎아달라고 해서 간신히 70전에 샀다. 기뻐서 어쩔 줄 몰라 하며 집으로 돌아와 아내에게 보여주니 아내는 눈살을 찌푸리며,

"정말 놀랍군요. 수박 한 덩이를 70전에 사 오다니."
라고 했다.

"뭐라고? 수박? 그런 거랑은 달라. 이건 당나귀 알이라고."
라고 아무리 말해줘도 알아듣질 못했다. 그러자 남편은 새 솜에 알을 싸서 따뜻한 온돌 아궁이에 두고 매일 오늘은 부화할까, 내일은 부화할까 하고 기다렸다. 그런데 4, 5일이 지나자 수박이 반쯤 썩어 안에서 즙이 나왔다.

아내가,

"당나귀 알이 썩은 것 같으니 버리고 오세요."
라고 하니,

"아깝게 됐군."
이라고 하면서 집 앞 수풀에 휙 던졌다.

바로 그때 어디에선가 어린 당나귀 한 마리가 나타나 수풀 너머

집으로 들어갔다.

멍청한 남자는 곧장 당나귀를 쫓아가 집 주인에게,

"알에서 부화한 어린 당나귀가 당신 집으로 도망쳤을 테니 돌려주길 바라오."

라고 하자 주인도 반쯤 놀리는 마음으로 마굿간에 가 보니, 과연 처음 보는 어린 당나귀가 있었다.

"이거다, 이거야."

라며 멍청한 남자는 재빨리 당나귀를 끌고 자기 집으로 돌아와 아내에게,

"하마터면 어린 당나귀를 빼앗길 뻔 했어."

불로불사의 약

목사는 주(州)에 부임하는 지방관. 정3품.

경성의 한 양반이 전부터 신선을 만나 불로불사의 약을 받고 싶어 했다. 그런데 어느 날 자기 친척 중에 제주 목사(牧使)를 하는 자가 있다는 말을 듣고 크게 기뻐하며, 예부터 제주도 한라산에는 신선이 산다고 하니 이는 다시없는 기회라는 생각에 그를 찾아갔다.

일찌감치 이 소식을 들은 제주 목사는 미리 한라산에 사람을 보내 이러이러하고 여차여차하다고 알아듣게 말하고 일의 순서를 정했다. 그리고 양반이 오기를 기다리고 있다가 재빨리 그를 만나 인사를 마친 후,

"아시겠지만, 이곳은 예부터 전해져 오는 대로 지금도 종종 신선이 나타날 때가 있습니다."

라고 하자 양반은 역시 소문이 틀리지 않았다고 더할 나위 없이 기

뻐했다. 다음날 새벽 양반은 채비를 갖춰 한라산에 올라갔는데, 조금 가다보니 큰 바위 위에 두 백발의 노옹(老翁)이 바둑을 두고 있었다. 이거야말로 평소 경모하던 신선임에 틀림없다고 생각해서 먼저 공손하게 절을 한 후 불로불사의 약을 청했지만, 이 노인들은 돌아보지도 않고 변함없이 바둑을 두고 있었다. 그런데 저녁이 되자 옆에 있던 유리병을 기울여 누추한 주머니에 물 같은 것을 가득 부어주었다. 양반은 고맙게 받아 꿀꺽 다 마셨지만, 거기서는 어쩐지 말의 소변 같은 맛이 났다.

하지만 이것이 불로불사의 약이라고 굳게 믿은 양반은 기쁜 나머지 그 자리에 넙죽 엎드려 있었는데, 잠시 후 노인 중 한 명이 말했다.

"그쪽이 여기 온지 벌써 3년의 세월이 흘렀네. 빨리 속세로 돌아가 처자식을 만나는 게 좋을 것 같군."

양반은 진심으로 감사의 인사를 올리고 허겁지겁 자기 집으로 돌아왔다. 그런데 이전부터 있던 강아지가 주인을 보고 반가운 듯이 꼬리를 흔들며 나오길래 이상하게 생각하여.

"전과 조금도 달라지지 않은 걸 보니 너도 어디선가 불로불사의 약을 먹은 게로구나."

라고 중얼거리면서 집으로 들어가, 그날 밤 부인에게 불로불사의 약

을 먹은 이야기를 하고 잠이 들었는데 다음날 신문에,

　'제주 목사의 친척인 모(某)씨가 한라산에 올라가 말의 소변을 마시고 돌아갔다.'

고 나와 있는 걸 보고 크게 진노하여 재빨리 신문사에 항의했다고 한다.

　별 재밌는 양반이 다 있다.

신농神農씨 이전의 해독약

신농씨는 먼 옛날 중국 5인의 제왕 중 한 사람으로, 백성에게 처음으로 의약과 농업을 가르쳤으며, 소 머리(牛頭)를 한 분이었다고 전해진다.

신통(神通)이라는 아이가 산에 풀을 뜯으러 가서 아무 생각 없이 천남성(天南星)을 따 먹었다가 갑자기 목이 부어 죽을 뻔했다.

아버지가 약국에서 해독약을 사와 먹여 간신히 살았는데, 신통이 이를 이상하게 생각해서 아버지에게,

"옛날에 신농씨는 온갖 풀을 맛보고 비로소 약을 만드셨다고 하는데, 천남성을 드셨을 때는 어째서 죽지 않으셨을까요?"

라고 묻자 아버지가 대답하길,

"그때도 약국에 가서 해독약을 사서 드셨겠지."

"그럼 아버지, 신농씨 이전에도 약국이 있어서 약을 만든 거네요. 그건 누구였을까요?"

"그런 먼 옛날 일을 누가 알겠느냐."

괴일-탕

어느 서당에서 학생이 천자문을 배울 때 총(寵)자가 나왔다.

괴일(사랑하다)이라는 새김(글자의 의미)은 외웠지만, 총이라는
소리를 도저히 이해하지 못했다.

그래서 선생님이,

"짐승을 죽이는 총(銃)과 같은 소리니까, 다음에 잊어버리면 그걸
로 떠올리거라."

라고 가르치셨다.

다음 날 또 총이라는 소리를 잊어버린 학생은 어제 선생님의 말
'잊어버리면 총 소리로 떠올리거라'를 생각해내고,

괴일—탕

신농神農씨의 머리

신농씨는 인신우두(人身牛首)라고 전해진다.

머리가 월등히 큰 남자가 있었다.

아무리 찾아봐도 자기 머리에 적당히 맞는 갓이 없어서 어느 날 멀리 떨어진 마을에 갓을 사러 갔다.

갓 장사가 이 남자의 머리를 보고,

"나도 꽤 오랫동안 갓 장사를 했지만, 당신처럼 고귀한 머리는 아직 본 적이 없소."

라고 했다.

"어째서 그렇소?"

라고 묻자 갓장사가,

"당신 머리는 옛날 신농씨의 머리요."

이를 듣고 크게 기뻐한 머리 큰 남자는 집으로 돌아와,

113

"평소 모두가 내 머리에 대해 험담을 했지만, 오늘 마을에서 어떤 사람이 내 머리를 가리켜 신농씨의 머리라고 했다네."
라고 하자 옆에 있던 한 친구가,
"그럼 네 머리는 소 머리라는 거네."

첩첩산중

양반인 안(安) 생원은 상당히 박식한 데다가 문장에도 뛰어났다.

어느 날 마을의 한 소년이,

"선생님, 큰 산을 가리켜 흔히 첩첩산중이라고 하는데, 그건 도대체 무슨 뜻입니까?"

라고 묻자 안 생원은,

"흠, 몇 살이 되면 사물의 이치를 알게 될꼬. 꼭 큰 산이라고만은 할 수 없지. 작은 산도 절만 많이 있으면 첩첩산중(疊疊山中)이라고 한단다."

소년이 그 이유를 묻자,

"이렇게 말해도 아직 모르겠느냐? 산에 절이 많으면 자연히 중이 많을 것이고, 쓸데없는 여자들이 좋은 신랑을 언게 해달라든가, 아이가 생기게 해달라며 부처님에게 소원을 빌러 오겠지. 하지만 절에 참배를 온 여자 중에 한 사람이라도 무사히 돌아간 여자가 있을 것 같으냐? 그래서 절이 많은 산을 가리켜 첩첩한 산중(姜姜山中)이라 고 하는 거란다……"

장난꾸러기와 중

대여섯 명이 함께 길을 걷고 있는데 맞은편에서 중이 하나 다가왔다.

한 장난꾸러기가,

남자: "이보게, 내가 지금 맞은편에서 오는 중놈을 울리든지 웃겨 볼까?"

"재밌겠군."

이라고 하는데 중이 다가왔다.

성큼성큼 옆으로 다가간 이 남자는 중의 얼굴을 물끄러미 보고 있다가 갑자기 그 손을 꽉 쥐고,

"흠, 정말 닮았군."

이라면서 큰 소리로 울기 시작했다.

그러자 중은 분명히 이 사람도 친형제 중에 세상을 버린 사람이

있어서 자기 같은 중을 보면 생각이 나서 우는 게 틀림없다고 생각했다. 그러자 본인도 어쩐지 친형제 생각이 나면서 슬퍼져 같이 울기 시작했는데 잠시 후,

　중: "이제 그만 우시지요. 부모님이나 형제분 중에 저처럼 세상을 버린 분이라도 계시는지?"

라고 묻자 이 남자는,

　남자: "닮았다고 한 건 다름이 아니라 귀공의 머리가 내 무릎과 정말 닮았다는 거요."

　중: "헤헤헤……나무아미타불."

경성의 어른, 시골 아이에게 당하다

경성의 지주가 시골 소작인에게 갔다.

소작인은 시골에서 귀한 손님에 대한 최고의 진수성찬으로 여겨지는 닭을 잡아 끓여 냈다.

지주가 그것을 먹고 있는데 이집의 소년이 나와서,

"어라, 죽은 닭을 먹고 있네."

라고 하자,

"죽은 닭을 나에게 먹인 게 틀림없어."

라는 생각에 그길로 젓가락을 놓고 상을 물렸다.

그러자 이 소년이 재빨리 게걸스럽게 그 닭을 먹기 시작했고 그 모습을 본 지주가,

"어째서 죽은 닭을 먹는 게냐?"

라고 묻자,

　　소년 "닭을 산 채로 먹는 사람도 있습니까?"
　　경성의 어른도 가끔 시골 소년에게 당할 때가 있다.

치질齒疾의 암수

한 남자가 약국에 가서,

손님: "치질(齒疾)에 빨리 듣는 약 있나?"

주인: "있습니다."

손님: "그럼 그걸 주게."

주인: "저기, 치질(痔疾)은 암치질(雌痔)인가요, 숫치질(雄痔)인가요?"

손님: "치질(齒疾)에도 암수가 있는가?"

주인: "있고말고요. 똥구멍 속이 아프면 암치질, 똥구멍 주변이 붓는 건 숫치질입니다."

손님: "이런, 못 말리겠군. 누가 엉덩이가 아파서 약을 달라고 했나? 내가 말하는 건 치통이네, 이가 아프단 말일세."

주인: "뭐요? 이가 아프다고요? 이런 무식한 손님을 봤나. 몸 위쪽 병에는 통(痛)자를 쓰고, 몸 아래쪽 병에는 질(疾)자를 쓰는 게 보통입니다. 앞으로 이가 아프시면 치통(齒痛)이라고 말씀하세요."

손님 "그럼 이건 뭔가? 눈은 엉덩이 쪽에 붙어 있어서 안통(眼痛)이라고 하지 않고 안질(眼疾)이라고 하는 건가?"

재상과 한량

한량은 무관의 이름, 아직 임관하지 못한 무인.
도장은 군수 밑에 있는 주요 관리.
풍헌은 면(面) 또는 리(里)의 직원.
이(李), 차(車)는 모두 조선인의 성, 도연명(陶淵明), 이적선(李績善)은 모두
중국의 학자, 이적선은 이백(李白)의 별명. 풍채는 조바위, 남바위와 같은
동절기 조선인의 두건과 아주 비슷한 것.

옛날에 재상과 한량이 너무 심심한 나머지 수수께끼를 주고받고 있었다.

재상: "내가 리도장(李都掌) 집에 갔더니 장도리가 있더군."

한량: "제가 차풍헌(車風憲)에게 갔더니 헌 풍채(낡은 두건)가 있었습니다."

재상: "복숭아나무에 제비가 앉아서 울고 있는 건 뭐지?"

한량: "도연명⁹입니다. 자두나무에서 매미가 떨어지는 건 뭘까요?"

재상: "이적선¹⁰이지."

9 원래 한자인 도연명(陶淵明)을 같은 소리의 다른 뜻을 가진 한자(桃燕鳴)로 바꿔서 수수께끼의 답을 맞추는 일종의 말장난

10 원래 한자인 이적선(李績善)을 같은 소리의 다른 뜻을 가진 한자(李滴蟬)로 바꿔서 수수께끼의 답을 맞추는 일종의 말장난

세 개의 구레기

뭉구레기는 사람을 능숙하게 치켜세워 이용하는 교활한 자.
서방질구레기는 남자랑 잘 놀아나는 여자.
멧구레기는 자주 매를 맞는 놈.
이밖에 거짓말구레기(거짓말을 잘 하는 자) 등, 구레기라는 말이 붙은 말은 많
이 있다.

전라도에 한 서기가 있었는데, 그는 좀처럼 방심할 수 없는 남자
로, 그 임기응변의 재능을 이용해 새로 부임해 오는 군수를 종종 놀
리곤 했다.

미리 이 이야기를 들은 한 군수가 부임하자마자 당장 이 서기를
불러,

"급하게 쓸 데가 있으니 구레기[11]라는 이름의 것을 세 개만 구해 오
게."

라고 명했다.

서기는 알았다고 대답하고 돌아 왔지만, 구레기라는 이름이 붙은
것 세 개라니, 상당히 어려운 주문이라 제 아무리 서기
라도 두 손 들 수밖에 없었다. 그러고 있던 차에, 집에
돌아온 올해 열두 살이 되는 그의 아들이,

11 현대어의 '~꾸러기'와 같은
    뜻의 단어로 추정됨

"아버지, 걱정하지 마세요."

라며 아버지의 귀에 입을 대고 뭔가를 속삭였다.

이를 들은 서기는 고개를 끄덕이더니 재빨리 한 나이든 중과 할머니가 된 기생, 늙은 서기를 이끌고 군수 앞에 출두하여,

서기: "군수님, 구레기 세 개를 갖고 왔습니다."

군수: "어째서 그 세 사람을 구레기라고 하는가?"

서기: "이 중은 다섯 살 때 중이 되어 오늘날에 이르기까지 중생을 속이는 일이 몇 번이나 있었는지 모르니, 이를 뭉구레기라고 합니다. 또 이 노파는 15세 때부터 60세가 된 오늘까지 기생을 업으로 삼아 남자를 희롱한 게 몇 명이나 되는지 모르니, 이게 서방질구레기가 아니면 뭐겠습니까? 또 이 늙은 서기는 임관 이후 오늘날 70세가 될 때까지 서기를 하며 죄인 대신 예형(礼刑)을 받고 돈을 받는 일이 몇 번이나 되는지 모르니, 멧구레기란 실로 이 자를 말하는 것이겠지요."

라고 대답했다.

군수는 이를 듣고 세 번 감탄하며,

"오오, 소문으로 듣던 서기답구나. 내가 졌다 졌어."

한 냥짜리 이야기

'잡는다'라는 말은 '체포한다' '요리한다' '(새나 동물을) 죽인다' '얻다' 등의
여러 가지 뜻을 가지고 있다.

아이가 없는 부부, 둘이 오도카니 앉아 있다가,

부인 "여보, 저 너무 심심해요. 재미있는 이야기 좀 해 주세요."

남편 "나는 재미있는 이야기 같은 거 몰라."

부인 "그럼 여기 한 냥이 있으니 이걸 가지고 어디 가서 이야기를
사 오세요. 너무 심심해서 견딜 수가 없어요."

남편은 한 냥을 가지고 이야기를 사러 나가서 밭에서 일을 하고
있는 농부에게,

남편 "혹시 아는 이야기가 있으면 팔지 않겠나? 여기 한 냥이 있네."

한 냥을 준다는 말을 들은 농부는 이것은 드문 돈벌이라는 생각에
여러 가지로 생각을 해 보았지만, 아무리해도 생각나는 것이 없다.

그러던 차에 하늘에서 한 마리의 백로가 내려왔다.

'좋아. 이걸로 하자.'라고 생각한 농부,

농부: "제가 지금부터 이야기를 할 테니 제 말을 그대로 따라하십시오."

남편: "알았네."

농부: "슥 들어왔다."

남편: "슥 들어왔다."

농부: "여기저기 둘러보네."

남편: "여기저기 둘러보네."

농부: "두리번거리며 들여다보는 저 눈을 보게."

남편: "두리번거리며 들여다보는 저 눈을 보게."

농부: "자, 이제 끝났습니다."

남편은 매우 기뻐하며 농부에게 한 냥을 건네고 집에 돌아왔다. 남편을 기다리고 있던 부인은 서둘러 저녁 준비를 하고 서로 마주보고 앉아,

"자, 얼른 이야기해 보세요."라고 재촉한다.

"좋아. 들어 봐."

남편이 막 이야기를 시작하려는데, 그 순간 도둑이 방안으로 슥 들어왔다.

남편: "슥 들어왔다."

도둑은 깜짝 놀라,

'어? 이게 무슨 소리지?'라고 생각하며 여기저기를 둘러보는데,

남편: "여기저기 둘러보네."

'내가 들어온 것을 알고 있는 건가? 대체 어디서 나를 보고 있는 거지?' 도둑이 두리번거리며 창을 들여다보자,

남편: "두리번거리며 들여다보는 저 눈을 보게."

도둑은 들켰다는 생각에 36계 줄행랑을 쳤다.

부인은 재미있는 이야기였다고 기뻐하며 잠이 들었다.

그 다음날 도둑은 '어젯밤 내가 들어온 것을 정말 알고 있었을까?'라는 생각에 사실을 확인하기 위해 이번에는 생선장수로 변장을 하고 들어갔다.

"생선 필요 없으세요?"라고 말하며 들어가자 부인은 생선을 보고 그 중에서 큰 놈을 한 마리 들어 올리며 남편에게 말했다.

"영감, 이놈을 잡을까요?"

이 말을 들은 도둑은 깜짝 놀라 생선이고 뭐고 다 내팽개치고 도망을 가버렸다.

한문체가 아니면 말을 못하는 목 서방

조선말에는 '백골난망(白骨難忘)이올시다' '제만사(除萬事)' 등과 같이 학식이 없는 사람들도 흔히 사용하는 한문체 표현이 매우 많다. 따라서 한학에 대한 교양이 있는 사람들이 자연스레 한문체를 쓰는 경향이 있음은 말할 필요도 없다.

충청도 목천(木川)에 사는 목(木) 서방은 한문체가 아니면 말을 못하는 남자였다.

어느 날 부인의 고향에서 산에서 호랑이가 나와 장인을 물고 도망쳐버렸다. 목 서방은 깜짝 놀라,

원산의 호 이 산에 들어와

(먼 산의 호랑이 이 산에 들어와)

나의 빙장을 착거(捉去)해 가네.

(내 장인 어른을 데리고 가네)

유궁지자(有弓之者) 지궁(持弓)하고 오시게나.

(활이 있는 자는 활을 들고 나오시게나.)

무궁지자(無弓之者)는 집장(執杖)하고 나오시세.

129

(활이 없는 자는 몽둥이를 들고 나오시게.)

라고 외쳤지만 무슨 뜻인지 알 수가 없어 아무도 나오지 않았고, 장인은 결국 호랑이 밥이 되고 말았다.

　집안사람들은 목 서방의 행동을 원망해 그를 관아에 고소했다.

　군수 앞에 끌려 나가 곤장을 맞은 목 서방,

　　남산지초목(南山之楚木)을 벌목해
　　(남산의 나무를 잘라)
　　나의 비둔(肥臀)을 맹태(猛笞)하는구나.
　　(내 볼기를 사정없이 치는구나.)
　　가엽도다! 내 둔부! 가엽도다! 내 둔부!
　　(가엽도다! 내 엉덩이! 가엽도다! 내 엉덩이!)

　군수가 이 말을 듣고 크게 화를 내며 "이놈, 아직도 한문체를 쓰는 게냐?" 라고 꾸짖자 목서방,

　　불용문자(不用文字)하겠나이다.

130

(이제부터는 한문체를 쓰지 않겠나이다.)

더욱 더 화가 난 군수는 결국 목 서방을 감옥에 집어넣었다.
부인이 도시락을 넣어주려고 하는데 손이 닿지 않는 목 서방,

여수장 오수장(汝手長吾手長)
(당신 팔이 길거나 혹은 내 팔이 길거나 했으면 좋았을 텐데.)

부인이 눈물을 흘리며
"제발 한문체를 그만 쓰시면 안 되겠습니까? 사람들이 욕을 합니
다."
이 말을 들은 목 씨,
"누가 그래? 누가 그래?"

131

나무신木神의 발동

　　부인이 무당을 너무 심하게 신봉하여 집안사람 중 누가 조금이라
도 몸이 안 좋으면 주문을 외우네 기도를 하네 난리를 피운다. 꾹
참고 있던 남편, 어느 날 좋은 생각이 났다. 외출했다가 돌아오는 길
에 밤을 하나 사서 입에 넣고 한쪽 뺨을 부풀리고는 괴로운 표정을
지으며 집으로 들어갔다.

　　"어찌된 영문인지 갑자기 이렇게 한쪽 뺨이 부었어. 아파서 견딜
수가 없어."

　　이렇게 말하면서 이불을 깔고 드러누웠다.

　　부인은 아무리 생각해도 이상한 병이라 곧장 자신이 믿는 무당에
게 갔다가 얼마 되지 않아 돌아왔다. 그리고 붉은 바가지(박을 갈라
속을 도려낸 용기)에 흰 쌀을 넣고 뭔가를 중얼거리며 합장을 하고

기도를 하기 시작했다. 남편이 왜 그러느냐고 묻자,

"지금 무당에게 물어보니 어제 화장실 수리를 한 탓에 나무신(木神)이 발동을 하는 거라고 합니다."

남편은 커다란 목소리로 웃으며 입에서 밤을 꺼내 보여주며 말했다.

"이래도 목신 때문인가? 잘 보라고."

이 말을 들은 부인은 부끄러워하며 두 번 다시 무당에게 가지 않았다고 한다.

교활한 무당

무당이 매일 칠성동(七星洞)에 새신(賽神)[12]을 다니고 있었다.

어느 날 다리가 아파서 어떤 집에서 잠시 쉬다가 그 집에 살진 소가 있다는 것을 알게 되었다.

며칠이 지난 어느 날 밤, 다시 그 집으로 간 무당은 재빨리 소를 지붕 위에 올려놓고 아무렇지도 않은 얼굴로 집안으로 들어가 휴식을 취했다. 그러자 지붕 위의 소가 큰 소리로 울며 걸어 다니기 시작했다. 집에 있던 안주인이 깜짝 놀라 무당에게 점괘를 부탁하자 무당은 작은 목소리로 이상한 일이 일어날 전조라고 말했다.

부인이 더욱 겁을 먹고 예방할 방법이 없느냐고 묻자,

"지금 바로 저 소를 잡아서 반은 땅의 신에게 바치고 나머지 반은 남쪽 길에 있는 버드나무 가지에 걸어 놓

12 굿이나 푸닥거리를 하는 것

134

고, 내일 떡을 해서 굿을 하면 무사히 지나갈 것이다."라고 대답했다.

　미신을 신봉하는 부인은 무당이 시키는 대로 했고, 무당은 아무런 힘도 들이지 않고 고기에 굿 값까지 챙겼다.

기생의 웃음

　　시골 나무꾼이 경성에 와서 길에서 똥을 싸고 있는데 지나가던 기생이 이 모습을 보고 웃었다.

　　그 나무꾼이 시골로 돌아가 사람들에게 이렇게 말했다.

　　"오늘 경성에 갔는데 글쎄 기생이 날 보고 웃더라고."

136

유학자의 무례

조상 숭배는 조선의 미풍양속이다. 그 선조를 '개자식'이라고 칭하는 것은
무례하기 짝이 없는 일이다.

유학자가 있었다. 옆 마을로 이사를 가기 위해 도포를 입고 사당
에 모셔둔 6대 선조의 위패를 들고 정숙하게 걸어 나왔다.

바로 그 때 옆집에서는 노파가 자신이 아끼던 강아지가 보이지 않
자 사방팔방으로 찾고 있다가, 마침 보니 유학자가 양 손에 뭔가 검
은 것을 소중하게 안고 있는 것이 아닌가!

"분명 우리 집 강아지임에 틀림없어."

이렇게 생각한 노파는 유학자를 쫓아가 말했다.

"선생님. 우리 개자식13을 돌려주십시오."

그러자 유학자는 크게 화를 내며 들고 있던 위패를 내밀면서,

"보아라. 이것이 너희 집 개자식이란 말인가?"라고 소
리쳤다.

유학자의 무례도 필경 노파 탓이다.

13 일본어로 강아지를 '개의
   자식(犬の子)'이라고 표현
   한다.

일주일동안 잠을 잔 하인

총각이란 미혼 남자를 일컫는 말.

충청도 서산(瑞山)의 어느 양반집에 사는 하인은 나이가 서른이
되었는데 아직 총각이었다. 어느 날 소여물을 베러 산에 갔는데, 푸
르고 부드러운 풀밭이 기분 좋게 펼쳐져 있었다. 잠깐 쉬려고 누웠
다가 어느 샌가 잠이 들고 말았다. 이윽고 눈을 떠 보니 날은 저물
고 하늘에는 별이 빛나고 있었다.

다시 잠이 들었다가 일어나보니 하늘에는 계속 별이 반짝이고 있
었다.

이것을 약 예닐곱 번 반복하다가 너무 배가 고파 동이 트는 것을
기다리지 못한 채 주인 집으로 돌아갔다. 주인은 그를 보고 물었다.

"최근 통 보이지 않더니, 어디서 무엇을 하고 놀았느냐?"

하인이 대답했다.

"소여물을 베러 갔다가 너무 피곤해서 산에서 잠깐 잠이 들었습니다."

주인은 말했다.

"잠깐이라니, 너의 잠깐은 일주일이란 말이냐? 그건 그렇고 배가 고플 것이다. 밥을 먹어라."

밥을 주자 날름 먹어치우고 또 한 그릇, 또 한 그릇, 전부 일곱 그릇이나 먹었다. 주인이 말하길,

"일주일이나 잠을 자고 고봉밥을 일곱 그릇이나 먹는 너 같은 자를 쓰다가는 송아지가 굶어죽겠다."

건망증 사나이

조선에서는 용변을 볼 때 절대 갓을 쓰면 안 되는 관습이 있다. '아이고'는 조선어의 감탄사로 슬픔과 기쁨의 모든 감정을 표현하는 말이다.

아주 건망증이 심한 사람이 어느 날 급히 대변이 보고 싶어 갓 끈을 풀면서 생각하기를,

"이 갓을 어쩐다? 함부로 어딘가에 두었다가는 일이 끝나고 분명 잊어버리고 말 것이다. 그렇다고 손에 들고 대변을 볼 수도 없는 노릇이고……이것 참 곤란하군."

주위를 둘러보다가 길 가에 있는 버드나무 한 그루가 눈에 띄었다.

남자에게 너무나 좋은 생각이 떠올랐다. 그것은 버드나무 가지에 갓을 묶어놓고 바로 그 아래에서 용변을 보는 것이었다. 그러면 일어날 때 분명 머리에 자신이 묶어놓은 갓이 닿을 것이다.

그래서 나무 가지에 갓을 묶어둔 채 용변을 보았다. 그리고 일어나는 순간 갓이 그의 머리에 닿았다. 깜짝 놀란 그,

"아이고, 누가 여기에 갓을 두고 갔군."이라고 중얼거리며 발걸음을 떼다가 지금 막 자신이 싸놓은 똥을 밟았다.

"대체 누구야? 이런 곳에 더러운 똥을 싼 놈이! 아이고."

딸 한 다스

아들은 하나도 없고 딸만 12명이 있는 노인이 있었다.

어느 날 오랜만에 만난 친구가 자식이 몇 명이냐고 묻자 이렇게 대답했다.

"딸이 5명, 계집아이가 5명, 여식이 2명. 합쳐서 12명이야."

안악 군수의 재판

경성의 양반이 안악(安岳) 군수가 되었는데, 부임한 지 얼마 되지 않아 재판을 하게 되었다.

먼저 원고의 의견을 들었는데 이치가 타당하기에,

군수: "음, 맞는 말이로군."

다음으로 피고의 의견을 들었는데 이 또한 이치가 타당했다.

군수: "음, 자네 말도 맞네."

군수는 두 사람을 향해,

군수: "둘 다 맞는 말이야. 딱히 내가 판결할 것도 없으니 돌아들 가게."

라고 말하고 두 사람을 돌려보냈다.

군수가 집에 돌아오자 부인이 물었다.

"오늘 뭐 특별한 일은 없었나요?"

그래서 재판 이야기를 하자,

부인: "양쪽의 말을 듣고 흑백을 가리는 것이 군수의 일입니다. '너도 맞다, 네 말도 맞다'라는 식으로 애매한 판결을 하면 백성들이 누구를 믿고 소송을 하겠습니까?"

군수는 잠시 생각한 후 말했다.

"아, 당신 말도 맞군!"

수말이 낳은 망아지

옛날, 어느 곳에 이방과 원님이 있었다. 이방이 원님을 속이고 돈을 빼내어 술을 마시니, 어느 날 참다못한 원님이 이방에게 명했다.

"수말이 낳은 망아지를 찾아오게."

이방은 원님의 명이니 어쩔 수 없이 알겠다고 대답했지만, 아무리 생각해도 수말이 낳은 망아지를 구할 방도가 없었다.

집에 돌아와 밥도 넘기지 못하고 끙끙 앓고 있는 것을 본 아들이 왜 그러는지 물었다.

이방이 원님의 명을 이야기하자 아들이 대답했다.

"아버지, 걱정하지 않으셔도 됩니다."

다음 날 아침 아들이 아버지 대신 원님 앞으로 갔다. 그러자 원님은 그 아들을 보고,

원님: "어째서 네 아버지는 보이지 않는 게냐?"

아들: "원님. 사실 제 아버지는 어젯밤 수말이 낳은 망아지를 찾으러 나가셨다가 돌아오는 길에 개의 뿔에 받혀 쓰러지셨는데, 그 바람에 유산을 하고 말았습니다."

원님: "뭐라고? 유산? 그런 말도 안 되는! 남자가 어찌 유산을 한단 말이냐? 그리고 개의 뿔이라니? 그런 것이 대체 어디에 있단 말인가?"

아들: "그럼 원님께 묻겠습니다. 수말이 낳은 망아지는 대체 어디에 있단 말씀이십니까?"

이렇게 대답하자 원님은 찍소리도 하지 못했다. 콩밭에 콩이 난다는 이럴 때 쓰는 말인가 보다.

어수룩한 군수

보름날 군수가 취임을 했다.

때 마침 하늘에는 맑고 밝은 보름달이 떠 있어 꽤나 정취 있는 풍경이었는데, 며칠이 지나자 달이 점점 이지러져 캄캄한 밤이 되었다. 군수는 이방을 불러,

"달이 없으니 쓸쓸해 견딜 수가 없구면. 돈은 아무리 많이 들어도 상관없으니 어디 가서 달을 좀 사 오게."라고 말하며 천 냥을 건넸다.

이방은 군수의 명령이라 하는 수 없이 돈을 받아 집으로 돌아왔는데, 아무리 생각해도 달을 살 방법이 생각나지 않았다. 속을 끓이고 있자니 올해 아홉 살이 되는 딸이 아버지의 귀에 대고 뭔가를 속삭였다.

딸의 말을 들은 이방은 고개를 끄덕이고 며칠간 맘 편히 지낸 후

달밤에 군수에게 가서,

"드디어 달을 사 왔습니다."라고 하자 군수는 하늘을 올려다보고 웃으며 말했다.

"수고했네. 정말 수고했어."

세상에는 이렇게 어수룩한 군수도 있다.

술 못 마시는 사람

나는 술을 한 잔만 마시면 취해버린다.
나는 술 냄새만 맡아도 취해버린다.
나는 보리밭 옆을 지나가기만 해도 취해버린다.
나는 그대 이야기를 듣기만 해도 취해 버린다.

담뱃대

┃ 순라군이란 마을을 순찰하는 자를 말한다.

시골에 사는 남자가 처음으로 경성으로 와서 길을 걷다가, 거동이 수상하다고 생각한 순라군에게 붙잡혀 다리 위까지 끌려가고 있는데,

"앗, 큰일 났다!"라고 소리쳤다.

깜짝 놀란 순라군이 "무슨 일인가?"라고 묻자,

시골남: "나리, 평생 먹고도 남을 것을 떨어트렸습니다."

순라군은 '분명 커다란 돈뭉치를 떨어트렸음에 틀림없다'고 생각하고 모두 다리 아래로 내려가 열심히 찾아보았지만 아무것도 보이지 않았다. 그러는 사이 날이 밝자 시골 남자는 다리 위에서 괴상한 목소리로 소리쳤다.

시골남: "나리, 여기 있어요. 제가 손에 쥐고 있었어요!"

순라군: "어디? 어디? 대체 뭐야?"

시골남: "바로 담뱃대입니다."

임백호林白湖와 모란

조선의 유명한 문장가인 임백호가 평양에 갔다. 평안도 감사가 '모란'이라는 기생을 낙적(落籍)[14] 시키려 했으나 그녀가 감사의 무식함을 싫어해 말을 듣지 않았다.

임백호가 거지꼴을 하고 모란의 집에 가서 마루에 드러눕자, 방안에 있던 모란이 시를 지어 노래를 읊조리는 것이 들려왔다.

모란: "창가에는 밝은 복희씨(伏羲氏) 적의 달"

임백호가 이에 대한 답으로,

백호: "처마에는 맑은 태곳적의 바람"

이라고 하자,

모란: "비단 이불을 누구와 덮을까?"

백호: "나그네의 베갯머리 한 편이 비었네."

14 빚을 갚아 주고 기생의 몸을 빼내는 것

문장대가文章大家를 방문한 문장승려文章僧侶

일본과 달리 조선에서는 승려를 일반인 이하로 취급한다. 따라서 승려를 대하는 말투도 일본처럼 정중하지 않은 것이다.

어느 학자가 집 밖에 '문장대가'라고 쓴 간판을 내걸었다. 그리고 찾아오는 모두와 문장에 대한 이야기를 하고 있던 어느 날, 한 승려가 그 집을 방문해 이렇게 말했다.

"문장대가의 안부를 물으러 왔습니다. 소승은 문장승려입니다."

문장대가는 늘 하는 것처럼,

대가: "어느 산에서 왔나?"

승려: "금강의 표훈사(表訓寺)에서 왔습니다."

대가: "옛날에 금강을 본 적이 있지. 그 풍경은 어떻더냐?"

승려: "연봉(連峰)의 백석(白石)은 천년의 보석, 만학(萬壑)의 단풍, 구월의 가을."

문장대가가 크게 감탄하여,

"일단 들어오게."라고 들어오기를 청하니 승려가 들어가 말하길,

승려: "문장대가라는 간판은 치우시지요."

대가: "왜 그러나?"

승려: "'그 풍경은 〈과연〉 어떠한가?'라는 구와 '옛날에 금강을 보았지'라는 구는 맞지 않습니다."

대가: "그럼 어쩌란 말이냐?"

승려: "진짜 문장가라면 '옛날에 금강을 보았지. 그 풍경은 〈요즘〉 어떠한가?'라고 할 것입니다."

대가: "그 말이 맞네, 맞아."

곶감국

옛날 어떤 남자가 시장에 가서 곶감 한 꼬치를 사 왔다.

부인이 곶감으로 국을 끓여 내 놓자,

남편: "그 나이가 되어서도 아직 이 요리의 요리법을 모르시오?"

부인: "왜요?"

남편: "꼬치에 끼워져 있는 것은 굽는 것이 당연하거늘……"

부인: "그 정도는 저도 알고 있어요. 하지만 우리 집은 식구수가 많아서 공평하게 먹기 위해 국을 끓인 거예요."

영특한 아이

공자(孔子)가 마차를 타고 나가는데 길 한가운데서 조그만 아이가 모래성을 만들고 있었다. 하인이 비키라고 소리치자,

"마차가 성을 피하는 것이 당연한 일이다. 성이 마차를 피하는 것이 말이 되는가?"라고 말했다. 공자가 마차 안에서 이 말을 듣고,

공자: "보기 드물게 조리 있게 말을 하는 아이로군."

아이: "어려도 그 정도 이치는 압니다."

공자: "그럼 하늘의 이치도 아는가?"

아이: "어린 아이가 그런 어려운 것을 어찌 알겠습니까? 눈앞의 일도 알기 어렵지 않습니까?"

공자: "알기 어려운 눈앞의 일이란 무엇인가?"

아이: "그럼 선생님은 눈앞의 일은 무엇이든 아십니까?"

공자: "눈앞의 일 정도는 알 수 있지."

아이: "그럼 선생님, 선생님의 눈썹은 몇 개입니까?"

공자는 대답을 할 수가 없었다. 그리고 영특한 아이를 크게 칭찬했다.

그 때 이 아이의 나이가 일곱 살이었다고 한다.

무좀 걸린 사위

옛날, 어떤 남자에게 딸이 하나 있었다.

나이가 찼기에 전국 제일의 사윗감을 찾고 있었는데, 어느 날 한 총각이 이 집에 찾아와 며칠 머물렀다. 비가 오는 날이면 늘 비가 올 것을 알고 예언했는데 한 번도 틀린 적이 없었다.

남자는 '이 사람이야말로 천하의 지혜로운 자. 더할 나위 없이 좋은 사윗감'이라고 하며 사위로 맞아들였다.

어느 날 그 사위에게 집안의 길흉을 물었는데 아무런 대답도 없을뿐더러 길흉화복의 의미조차 모르는 것이 아닌가. 장인이 이이가 없어,

"자네는 어떻게 비가 올 것을 알 수 있는가?"라고 묻자 사위가 대답하길

"사실 저는 몇 년 전부터 무좀이 생겼는데, 비가 오기 전에는 가려워서 견딜 수가 없습니다. 그래서 아는 것입니다."

완승頑僧의 난폭함

완승이라는 승려는 매우 고집이 세고 게으른 자로, 식초에 절여도 기름에 튀겨도 꼼짝하지 않는 사람이었다. 어느 날 저녁식사 시간, 그의 모습이 보이지 않자 동료 승려들이 완승의 밥을 마루 위에 뿌려 놓았다.

완승이 돌아와 이것을 보자마자 물통에 물을 떠 와서 마루 위에 끼얹었다.

동료 승려들이 참지 못하고 밖으로 나가 완승을 욕하자 완승이 대답했다.

"밥을 물에 말아 먹는 것이 뭐가 이상하단 말인가?"

맹인의 의심

맹인이 갓을 쓴 채 길에서 똥을 싸고 있다.

지나가던 사람이,

"갓을 좀 벗고 싸면 어떻겠는가?"라고 말하자 맹인이 코웃음을 치며 말했다.

"갓을 벗어 놓으면 가져가려는 걸 모를 줄 알고?"

개나 주인이나

하인이 손님이 왔음을 알렸다.

바로 그 때 안방에 있던 주인,

"지금 편지를 쓰고 있으니 잠깐 기다리시라고 전해라."

하인이 밖으로 나오자 문에서 개들이 교미를 하고 있었다. 하인이
말하길,

"개나 주인이나 모두 편지를 쓰고 있군."

상투 튼 아기

난쟁이가 정상적인 여자를 부인으로 맞았는데, 이 부인이 눈이 아파서 잘 보지를 못했다.

어느 날 아침, 아이 오줌을 누이려고 아이를 앉고 마루에서 정원 쪽을 향해,

"쉬―쉬―"라고 하고 있는데 식초 장사가 들어왔다. 보니 여자가 조그만 사람을 안고 오줌을 누이고 있었다.

"저, 부인. 그건 누구입니까?"라고 묻자 부인이 대답했다.

"우리 아기."

그러자 식초 장수가 물었다.

"그런데 왜 아기에게 상투가 있습니까?"

남편의 꾀 부인의 개과천선

심성이 나쁜 며느리가 있었다.

병든 시어머니가 빨리 죽어버리면 좋겠다고 생각해 매일 나쁜 짓을 해 댔다. 남편은 가슴이 아파 여러 번 주의를 주었지만 그 말은 조금도 듣지 않고 악행은 점점 더 심해졌다.

그래서 남편이 한 가지 계획을 세웠다. 어느 날 시장에 가서 밤을 한 되 사 와 부인에게 건네며 말하길,

"오늘 의사에게 가서 어머님의 병에 대해 이야기 했더니 '매일 밤을 2, 30개씩 먹게 하면 한 되의 밤을 다 먹기 전에 죽을 것이다'라고 해서 오는 길에 사 왔소."

이 말은 들은 며느리는 기뻐하며 지금까지와는 달리 매우 친절한 태도로 매일 2, 30개의 밤을 구워서 시어머니에게 먹였다. 그러자

시어머니는 죽기는커녕 점점 살이 오르고 몸이 좋아졌다. 또 '예전과 달리 요즘은 며느리가 친절하게 대해주니 이렇게 고마운 일이 없다'며 전에 없이 며느리를 상냥하게 대하게 되었다.

며느리도 '이렇게 잘 해주시는 어머니가 돌아가시면 안 된다'고 생각하게 되어 남편에게 지금까지의 잘못을 빌고,

"풀밭을 뒤져서라도 불로불사의 약을 구해오세요."라고 말했다.

이에 남편도 크게 기뻐하였고, 그 후로는 더 없이 원만한 가정이 되었다고 한다.

울면서 잘 한다, 잘 한다

충청도의 유학자가 과거를 보려고 글씨를 잘 쓰는 서기를 찾고 있었는데, 어떤 남자가 '나야말로 고금에 다시 없는 명필(名筆)'이라며 찾아왔다.

유학자는 크게 기뻐하며 술과 음식을 내어 향응을 베풀고, 과거 시험장으로 데리고 갔다. 그런데 이 남자, 글씨는 완전 엉망이고, 그저 술과 음식을 위해 사기를 치고 돌아다니는 자였다. 유학자는 너무나 비관하여,

"그런 악필로 어찌하려는가?"라고 묻자,

"제게는 이상한 버릇이 있어서 누가 잘 한다고 칭찬해주지 않으면 글씨를 잘 쓰지 못합니다."

그러자 유학자가 울며 말했다.

"잘 한다, 잘 한다. 정말 잘 한다."

이 씨의 간책, 김 씨 부인의 지혜

어느 마을에 이(李) 씨 성을 가진 사람과 김(金) 씨 성을 가진 사람이 살고 있었다.

김 씨의 부인이 아주 미인이었기 때문에 이 씨가 계략을 꾸몄다. 어느 날, 김 씨를 불러 술을 많이 마시게 한 후,

"김 군, 우리 둘이 거짓말 경쟁을 해 보지 않겠나? 그리고 만약 자네가 이기면 내 아내를 자네가 데리고 가고, 내가 이기면 내가 자네 부인을 빌리기로 하지."

이 말을 들은 김 씨는 술김에,

"좋아."라고 흔쾌히 승낙했다.

먼저 이 씨가,

"나는 어제 길에서 바늘을 하나 주웠는데 그걸로 낫과 도끼를 만

들었다네."

그러자 김 씨도 이에 질세라,

"나는 오늘 집에서 죽을 먹었는데 나머지는 전부 개에게 주고 왔어."

"내 이야기는 거짓말인데, 자네 이야기는 진짜야. 자, 얼른 부인을 내 놓게."

그러자 김 씨는 어쩔 수 없이,

"그럼 내일 우리 집에 오게."라고 말했다.

이렇게 약속을 하고 집으로 돌아가 부인에게 이 이야기를 하니 부인은 웃으며,

"걱정하실 것 없어요. 내일 제가 알아서 할게요."라고 대답했다.

다음 날 아침 일찍 이 씨가 찾아왔다.

남편 대신 어여쁜 부인이 나와 남편이 집에 없다고 말했다.

어디 갔냐고 묻자,

"삼년 된 말가죽이 여물이 먹고 싶다고 하도 울어대서 꼴을 베러 갔습니다."라고 대답했다.

이 씨가 "삼년 된 말가죽에게 어떻게 여물을 준단 말인가?"라고 하자, 김 씨 부인은 "그럼 바늘 하나로 어떻게 낫과 도끼를 만듭니까?"라고 대답했다.

이 씨는 아무 말도 하지 못한 채 집으로 되돌아갔다.

집도둑

강원도 준양(准陽)이라는 곳에 어떤 농부가 살고 있었다.

산 위에 조그만 집을 짓고 살고 있었는데, 어찌나 가난한지 살림이라고 해 봐야 대대로 내려오는 커다란 가마솥 외에는 아무것도 없었다.

때문에 이 가마솥을 생명보다 더 소중히 여겨 혹시나 누가 훔쳐가지나 않을까 하는 걱정에 밤에는 가마솥 안에서 잠을 잤다. 그러던 어느 날 밤 2인조 도둑이 들어와 가마솥 안에 사람이 있는 줄도 모르고 그 가마솥을 메고 도망쳤다. 그런데 너무 무거워서 가는 도중에 날이 밝고 말았다. 도둑들도 진절머리가 나서 가마솥을 버리고 가버렸다.

나중에 눈을 뜬 농부가 가마솥에서 나와 보니 자신의 집이 보이지 않는다.

나잇값도 못하고 큰 소리로 엉엉 울고 있는데 길을 지나던 한 남자가 왜 울고 있는지를 물었다.

"저는 태어났을 때부터 가난하여 재산이라고는 집과 이 가마솥 밖에 없습니다. 그런데 어젯밤 도둑들이 집을 훔쳐가 버렸습니다."

이 말을 들은 남자는 급히 자신의 집으로 돌아가 문을 걸어 잠그고 창문에 못을 박았다. 이 모습을 본 부인이 깜짝 놀라,

"무슨 일이세요?"라고 묻자,

"정말 큰일이야, 큰일. 요즘 집을 훔쳐가는 도둑이 있는 모양이야."

생쥐와 당나귀

옛날 커다란 생쥐가 조그만 당나귀를 놀리며 말했다.

"너는 나보다 작구나."

화가 난 당나귀가 생쥐와 싸우다가 결국 소송을 하기에 이르렀다.

재판관은 이 재판을 공개재판으로 하기로 하고 사람들에게 물었다. 먼저 사람들은 생쥐 쪽을 보며 이렇게 말했다.

"정말 커다란 생쥐로군. 꼭 당나귀 같아."

그 다음에는 당나귀를 보고 말했다.

"이렇게 작은 당나귀도 있군. 꼭 생쥐 같잖아?"

당나귀가 아무리 작다고 해도 생쥐보다는 큰 법인데, 사람들의 입은 참으로 무서운 것이다. 결국 당나귀가 패소했다.

중구난방(衆口難防).

돼지의 각오

손(孫) 동지(同知)[15]의 집에서 혼례잔치가 열리게 되었다. 이에 소를 회장으로 하여 집안의 가축들이 특별 임시 대회를 열었다.

먼저 회장인 소가 말했다.

"이번에 이 집에서 혼례식을 하게 되면 우리 중 누군가가 죽지 않으면 안 된다. 그러나 모두 아시다시피 나는 이 집 농사를 짓기 위해 꼭 필요한 존재이니 죽임을 당할 일은 없을 것이다."

그러자 다음에는 당나귀가 말했다.

"나는 이 집 주인을 태우고 다니는 역할을 하고 있지. 또 결혼식 당일에도 뒤에 따라오는 사람을 태워야 하니 아마 내가 죽을 일은 없을 거야."

다음은 개가 말했다.

15 '동지'란 종2품 벼슬로, 동지중추부사(同知中樞府事)의 줄임말이다

"나는 매일 잠도 자지 않고 도둑을 지키고 있으니 내가 희생될 일은 없을 거야."

다음은 고양이가 말했다.

"비가 오나 눈이 오나 추우나 더우나 사방을 돌아다니며 곡식을 좀먹는 쥐를 퇴치하는 중요한 역할을 맡고 있는 이상, 우리는 절대 죽지 않을 거야."

다음은 닭이 말했다.

"나는 모두가 잠들어 있을 때에도 시간을 알려주는 역할을 하고 있으니 죽을 걱정은 하지 않아도 괜찮아."

이렇게 모든 가축이 각자 자기가 담당하고 있는 직분을 가지고 변명하고 있는 가운데, 단 한 마리, 돼지만이 아무 말도 하지 않고 있는 것을 본 소 회장이 물었다.

"너는 왜 아무 말도 하지 않아?"

그러자 돼지가 눈을 깜빡이며 대답했다.

"죽는 것은…… 아마 나겠지……"

171

여우와 너구리의 서로 속이기

두 남자가 길을 걷다가 금덩어리를 하나 주웠다. 둘이서 나눠 가지기로 하고 숙소로 들어갔는데, 서로 상대방이 잠들면 자기가 가지고 도망가겠다는 생각을 하고 있었다. 금은 윗목에 두고 두 사람은 아랫목에서 잠을 청했다.

잠시 자는 척을 하고 있다가, 그 중 한 사람이 커다랗게 코를 골면서 윗목으로 떼굴떼굴 굴러가 금괴를 잡으려고 하는 것을 본 남자, 저놈이 금괴를 가져가면 큰일이라는 생각에 소리쳤다.

"이봐, 자네는 코를 골면서 돌아다니나?"

그러자 또 다른 남자가 되물었다.

"그럼 자네는 눈을 뜨고 잠을 자나?"

부인의 잘못

흉년으로 사정이 어려운 때 한 남자가 시장에 갔다. 그런데 어떤 사람이 맛있게 떡을 먹고 있었다.

남자는 군침을 삼키며 그 사람 옆에서 떡 먹는 모습을 보고 있다가

"팥고물(팥으로 만든 가루로 떡에 묻혀 먹는 것)이 떨어졌어요."라고 말하자 떡을 먹던 사람이 갑자기 남자의 뺨을 후려치며 소리쳤다.

"내 떡의 팥고물이 떨어지건 말건 당신이 무슨 상관이야?"

남자는 집으로 돌아가 부인에게 말했다.

"이봐, 떡을 먹어야겠어. 떡을 해 와!"

부인이 떡을 해 와서 팥고물을 묻혀주니,

"이봐, 팥고물이 떨어졌다고 말해!"

부인이 시키는 대로 팥고물이 떨어졌다고 말하자 남자는 부인의 뺨을 후려치며 소리쳤다.

"내 떡의 팥고물이 떨어지건 말건 당신이 무슨 상관이야?"

방갓을 쓴 개를 찾는 상중인 남자

방갓은 상중인 사람이 쓰는 갓으로, 일본의 허무승(虛無僧)[16]이 쓰는 삿갓과 비슷한 모양이다.

상중(喪中)인 남자가 길을 걷다가 갑자기 대변이 보고 싶어졌다. 그래서 머리에 쓰고 있던 방갓을 벗어 앞을 가리고 일을 보고 있었다. 그런데 어디선가 개 한 마리가 나타나 계속 엉덩이를 핥아대니, 너무나도 기분이 나빠 엉덩이를 올렸다 내렸다 하며 개를 쫓았다. 그랬더니 이번에는 개가 앞쪽으로 와서 방갓을 머리에 쓰고 도망가 버리는 게 아닌가! 남자는 두 손으로 속옷을 부여잡고 힘껏 개를 쫓았지만 어디로 갔는지 알 수가 없었다. 그래서 만나는 사람마다,

"지금 방갓을 쓴 개가 도망가는 것을 보지 못하였소?"라고 물었다.

사람들은 그 모습을 보고 분명 정신이 성치 않은 사람일거라고 수군거렸다.

16 보화종의 승려로 장발에 장삼을 입고 삿갓을 깊숙이 쓰고 통소를 불며 각처를 수행함

옆집의 부부싸움

옆집은 밥 먹을 시간만 되면 어김없이 부부싸움 소리가 들려온다. 그래서 어느 날 뒷집 사람들이 살짝 들여다보니 말린 민어 한 마리를 벽에 걸어놓고서 밥 한 숟갈 먹고 생선 한 번 쳐다보고, 또 한 숟갈 먹고 생선을 쳐다보았다. 그런데 부인이 한 번으로는 모자란지 밥을 한 숟갈 먹고 생선을 두 번 쳐다보자 남편이 그것을 비경제적이라 하여 서로 싸움고 있었다.

목재상에 시집 간 생선가게 딸

'세워라'라는 단어를 '(숫자를) 세어라'로 잘못 알아들어서 이런 웃긴 이야기가 탄생한 것이다.

생선 가게 집 딸이 목재상의 아들과 결혼을 했다. 그 집에서는 나무 조각으로 불을 지펴 밥을 지었다. 결혼한 지 3일째 되는 날, 새신부가 밥을 지으려고 아궁이에 불을 지피려는데 장작이 너무 커서 불이 붙지 않자 계속 해서 후후 불고 있었다. 그러자 시어머니가 옆에서 이렇게 말했다.

"자귀밥[17]을 세워라."

며느리는 "예"라고 대답하고,

"하나, 둘, 셋, 넷, 다섯……"하며 숫자를 세기 시작했다. 시어머니가 깜짝 놀라 말했다.

"뭐 밥을 짓는 것이나 떡을 치는 것이나 매 한가지지."

17 나무를 깎을 때 깎아서 생기는 나무 조각

앉으면 축丑 생원

윤(尹)이라는 글자와 축(丑)이라는 한자 모양에서 기인한 말장난이다. 조선의 욕 중에는 인간을 짐승에 비유하는 욕이 아주 많다.

윤(尹) 생원이 친구 집을 방문했는데 공교롭게도 집에 없었다.

기다려도 돌아오지 않자 마침 그 자리에 있던 예닐곱 살 정도 되어 보이는 아이에게,

"아버지가 돌아오시면 서면의 윤생원이 왔었다고 전해라."라고 했다. 그러자 아이는 생원의 얼굴을 빤히 쳐다보다가 이렇게 말했다.

"윤(尹) 생원이시라니 앉으면 축(丑)생원이군요."

영평 군수 소도둑을 잡다

옛날 영평(永平) 군수가 동쪽으로 난 창 앞에 앉아 있는데 어떤 남자가 찾아왔다.

"금화(金化)에 가서 소를 샀는데, 외양간에 매어 놓고 밥을 먹는 사이 그 소를 도둑맞았습니다."

영평 군수는 자세한 사정을 들은 후 금화 군수에게 가서 배가 고픈 척을 하며 소고기와 술을 청했다. 그러자 금화 군수는 곧 사람을 시켜 술과 고기를 가져오게 했다.

영평 군수가 그 하급 관리를 붙잡아

"이 소는 병에 걸린 소를 잡은 것 아니냐?"라고 소리치자,

"천만의 말씀이십니다."라며 여러 가지로 변명을 했다.

"그럼 이 소의 가죽이 있을 테니 가지고 오너라."라고 하며 조사를 해 보니 과연 그 소는 도둑맞은 소였다. 군수는 곧장 그 도둑을 잡아 곤장을 친 후 피해자에게 변상을 해 주었디.

179

명판관

사냥꾼이 소중히 여기던 매를 잃어버렸다. 그리고 이 매를 붙잡은 남자와 시비가 붙어 결국은 재판을 하게 되었다. 한 사람은 잃어버린 매라고 주장하고, 또 한 사람은 예전부터 자신이 키우던 매라고 주장했다.

"너희 두 사람 모두 자신의 것이라고 고집을 부리니 어쩔 수 없구나. 매를 찢어 나누어 가지면 될 것이다."

군수가 이렇게 말하자 한 사람은 재빨리 매의 한 쪽 다리를 잡았고, 또 한 사람은 매를 찢는 것은 하지 못하겠다고 물러났다.

군수는 전자에게 곤장을 치고, 후자에게 매를 돌려주었다고 한다. 굉장한 명판관이 아닐 수 없다.

선생님의 덧없는 기쁨

아무것도 가진 것이 없는 선생님이 다섯 명의 학생에게 공부를 가르치고 있었다. 앞집은 대장간이고 뒷집은 목공소였기 때문에 뚝딱뚝딱 쨍쨍쨍 하는 소리가 끊이지 않아 공부도 잘 되지 않고 밤에 잠도 자기 어렵다.

선생님은 항상 괴로워하면서 '저 사람들이 이사를 가면 좋을 텐데……'라고 생각하며 그들이 이사가기만을 기다리고 있었다.

그런데 어느 날 뒷집 목공소 사람이 찾아와 "다른 곳으로 이사를 가게 되었습니다."라고 말했다.

그러더니 조금 있다가 앞집 대장간 사람이 찾아와 "저희도 다른 곳으로 이사를 가게 되었습니다."라고 했다.

선생님은 너무나도 기뻤다.

"드디어 나도 운이 트이는구나. 앞으로는 귀가 아프게 시끄러운 소리를 듣지도 않고, 아이들도 잘 가르칠 수 있고, 밤에도 푹 잘 수 있을 거야."

이렇게 생각하면서 술과 안주를 주문해 대장간 사람을 대접한 후,

"그런데 이사는 어디로 가시나요?"라고 묻자 대장간 사람이 대답하길,

"뭐 그리 멀리 가지는 않습니다. 이 집 뒤에 있는 목공소와 집을 바꾸기로 했습니다."

이 말을 들은 선생님은 한탄했다.

"그럼 똑같은 것 아닌가? 미리 알았더라면 오늘 아침에 받은 소중한 수업료로 술을 사지는 않았을 텐데……"

화장실에 들어가 움직이지 않는 남자

어떤 남자가 길을 걷다가 갑자기 화장실에 가고 싶어졌다. 주위에는 풀숲 같은 것도 없었다. 너무 괴로운 나머지 가까이 있는 집에 들어갔는데 공교롭게도 작은 집이라 사랑채에 딸린 화장실이 없었다. 안으로 들어가 "이리 오너라."라고 외치자 하녀가 나왔다.

"실은 볼일이 보고 싶은데 화장실이 없어 곤란한 상황이다. 이 돈 두 냥을 화장실을 빌리는 값으로 지불하겠으니 잠시 화장실을 빌려다오."

하녀가 두 냥을 받아들고 안으로 들어가 부인에게 보여주자, 돈에 마음이 움직인 부인은 남자에게 화장실을 빌려주었다. 그러나 아무리 시간이 지나도 남자가 밖으로 나오지 않았다. 언제 남편이 돌아올지 몰라 전전긍긍하던 부인은 결국 하녀를 시켜 '밖으로 나오라'고 남자에게 말했다.

　그러자 남자는,

　"나는 돈을 내고 이 화장실을 빌렸으니 같은 돈을 내고 이 화장실을 빌릴 사람이 오기 전까지는 움직이지 않을 것이요."라고 큰소리를 쳤다.

　부인은 깜짝 놀라 두 냥의 돈을 돌려주며 말했다.

　"자, 어서 나오세요."

물의 깊이

장마 때의 일이다. 이미 강을 건넌 남자에게 막 강을 건너려는 남자가 물었다.

"어떤가? 물은 얕은가? 깊은가?"

"모르네."

"물은 건너봐야 안다는 속담도 있는데 어찌 모른다 하는가?"

"무슨 말인가? 내가 건넌 물은 이미 천리만리 멀리 흘러가고 없어. 지금 흘러온 물의 깊이를 어찌 안단 말인가?"

제갈량도 어쩔 수 없다

질투가 심한 부인 때문에 방에 갇혀 밖으로 나가지 못하는 남편이
있었다. 사위가 가만히 방 안을 들여다보니 안에서,

"이렇게 갇히면 제갈량도 어쩔 수 없어."라고 혼잣말을 하고 있었다.

이 말을 듣고 사위가 말하길,

"제갈량은 처음부터 갇히지를 않습니다."

진귀한 판결

옛날 어떤 남자가 소중히 여기던 매를 잃어버리고 원님에게 하소연을 했다. 원님의 판결은,

"청산(靑山)의 물건을 청산에서 얻고 청산에서 잃어버렸으니 청산에 가서 청산에게 물어보고 청산이 대답하지 않으면 청산을 잡아오너라."

하인 부부의 꾀

어떤 양반 집에 삼월이라는 하녀가 있었는데 천하의 미인에 몸가짐이 조신한 여자였다. 때문에 이 집 사랑채에 묵고 있는 많은 양반들이 모두 그녀에게 연심을 품고 어떻게든 자신의 여자로 만들려고 그녀 옆으로 가서 여러 가지 행동을 하였으나, 영리한 삼월이는 요리조리 피하며 원하는 대답을 해 주지 않았다. 그런데 어느 날, 삼월이가 양반을 하나하나 만나 오늘 밤 몇 시에 오시라는 약속을 했다. 양반들은 모두 오늘 밤이야말로 바라던 것이 이루어질 거라는 생각에 기뻐하며 약속한 시간에 행랑채(하인들이 기거하는 곳)로 갔다. 삼월이는 방의 불을 끄고 문을 열고 제일 처음 온 양반을 들어오게 한 후, 방 한 구석에 잠시 서 있으라고 했다. 이렇게 순서대로 동서남북 방의 네 귀퉁이에 양반들을 세워두고 있는데, '에헴' 헛기침을 하며 삼월이의 남편이 들어와 물었다.

"아니, 불을 끄고 뭐하는 건가?"

그러자 삼월이는 목소리를 죽여 대답했다.

"여보. 조용히 하세요. 큰일 났어요. 지금 이 집에 기거하는 양반님들이 도박을 하다가 금난사령(禁亂使令)에게 들켜 이리로 도망쳐 오셔서 이 방에 숨겨 드렸습니다."

남편이 깜짝 놀란 척을 하며 불을 붙여보니 과연 네 명의 양반이 네 모퉁이에 서 있었다.

"아니, 도련님들. 큰일 날 뻔 했군요. 사령은 돌아간 것 같습니다만, 도박은 좋지 않은 것입니다요."

이 말을 들은 양반들은 하인 부부의 꾀에 감탄하고, 그 이후로는 다른 사람의 부인이라는 말만 들어도 십 리 밖으로 도망갔다고 한다.

떡을 좋아하는 부부

　　떡을 좋아하는 부부가 떡 세 개를 사서 하나씩 먹었다. 그런데 남은 한 개를 반으로 나누어 먹는 것이 싫어서 내기를 했다. 그 내기는 누가 오래 말을 참는가 하는 내기였기 때문에 먼저 말을 하는 사람이 떡을 양보하기로 했다. 두 사람 떡을 놓고 아무 말 없이 서로 마주보고 앉아 있는데 도둑이 들어왔다. 그런데 남편도 아무 말이 없고 부인도 아무 말이 없었다. 그러자 이 도선생이 '너무 무서워서 아무 말도 못하는구나'라고 생각하고 옷, 가재도구, 금품을 모두 챙겨 유유히 떠나려던 참에 부인이 더 이상 참지 못하고 "도둑이야!"라고 소리쳤다. 그러자 남편이 웃으며 이렇게 말했다.

　　"이제 이 떡은 내 거요."

교육의 힘

어느 시골에 농부 형제가 살고 있었다. 송아지 한 마리를 키우고 있었는데, 밭을 갈 때에는 항상 형이 앞에서 소를 끌고 동생이 뒤에서 소를 몰았다.

그러니 당연히 형은 "이랴 이랴!(소를 몰 때 내는 소리)"라고 하고, 동생은 "형님 이쪽으로 오세요. 저쪽으로 가세요."라고 했다. 그런데 어느샌가 소가 그 말을 알아듣게 되었다. 그러던 어느 날 동생이 혼자 소를 쓰게 되었는데 아무리 "이랴 이랴"라고 해도 소가 꿈짝도 하지 않나. 동생이 잠시 생각하다가 "형님 이쪽입니다."라고 말하자 소는 순순히 그 방향으로 갔다. 지나가던 사람이 이 모습을 보고 말했다.

"저 소가 형인가보구먼."

교활한 가마꾼

나이가 들어 거동이 불편한 노인이 있었다. 가마꾼을 고용해 외출할 때에는 늘 가마를 타고 외출을 했는데, 어느 날 그 노인이 아끼는 개가 집을 나갔다. 노인은 두 가마꾼에게 그 개를 찾아오라고 명령했다.

"우리는 가마를 메는 것이 본업이지, 개를 찾는 사람이 아닙니다." 라고 말하며 도망치자 노인이 말했다.

"그러면 내가 찾을 테니 가마를 준비해라."

이 말을 들은 두 가마꾼, 주인을 태운 가마를 메고 다니기보다는 그냥 돌아다니는 것이 쉬우니 이렇게 말했다.

"아닙니다. 저희가 개를 찾겠습니다."

아이에게 당한 남자

변변치 못한 남자가 여기저기 구경을 하고 다니다가 조그만 아이 하나가 도랑 옆에서 모래를 가지고 놀고 있는 것을 보고 아이에게 물었다.

"애야, 네 어머니가 내 얘기를 하지 않더냐?"

"맞아요. 그러고 보니 요즘 매일 손자 녀석이 보이지 않는다고 하셨어요."라고 대답했다.

아이에게 창피를 당한 이 변변치 못한 남자가 화가 나서 아이의 머리를 두 세 대 때리자 아이가 웃으며 말하길,

"아무리 때려도 무섭지 않아. 그 대신 손으로 눈꺼풀을 뒤집으면 엄청 무섭지."

남자가 아이 말대로 하자 아이는 갑자기 두 손에 모래를 쥐고서 남자의 눈에 확 뿌리고 도망가 버렸다. 아이라고 해서 얕보아서는 안 된다.

주먹의 주인

배나무 가지가 담을 넘어 옆집으로 뻗어있었다. 매년 옆집 사람이 배를 따 먹는 것을 보고 분개한 이 집 아이가 어느 해, 옆집으로 가서 장지문으로 불쑥 주먹을 밀어 넣으며 물었다.

"이 주먹은 누구의 주먹입니까?"

그러자 주인은 크게 화를 내며,

주인: "너의 것이지 누구 것이겠느냐?"

아이: "그럼 다른 사람 집의 배를 더 이상 먹지 말아 주십시오."

주인은 이 아이의 지혜에 감탄해 집안사람들에게 다시는 옆집 배를 따먹지 말라고 일렀다고 한다.

하늘의 원근

어떤 남자가 여행을 하고 있는데 길가에서 두 아이가 말싸움을 하고 있었다. 이유를 묻자,

갑: "이 녀석처럼 이상한 녀석은 없습니다. 제가 하늘은 끝 부분이 멀다고 하니 이 녀석은 가운데가 더 멀다고 합니다."

을: "이 녀석처럼 이상한 녀석이 또 있을까요? 제가 하늘은 가운데 부분이 멀다고 하니 이 녀석은 끝이 더 멀다고 합니다."

먼저 갑 아이에게 왜 끝 부분이 더 머냐고 물어보니,

갑: "당연한 것 아닙니까? 아침에 태양이 뜰 때에는 뜨겁지 않지만, 태양이 가운데로 올수록 점점 뜨거워집니다. 이것은 끝부분이 더 멀고 가운데가 가깝다는 증거입니다."

다음으로 을 아이에게 물었다.

을: "당연한 것 아닙니까? 아침에 태양이 뜰 때에는 해가 크게 보이지만 태양이 가운데로 올수록 점점 작게 보입니다. 이것은 가운데가 더 멀고 끝부분이 가깝다는 증거입니다."

남자는 두 아이에게 만족스러운 대답을 해 줄 수 없었지만, 두 아이를 모두 칭찬해 주었다.

날아간 우물

거짓말을 잘 하는 남자가 있었다. 어느 날 사람들 앞에서,

"어제 세찬 바람이 불어 우리 집 우물이 옆집으로 날아갔다."고 말했다.

원래 거짓말을 잘 하는 사람이니 아무도 믿지 않았는데, 바로 옆에 있던 그의 아들이 "정말입니다."라고 말했다. 이상하게 여긴 사람들이 가보니 옆집과 맞닿아 있던 벽이 바람에 날아가 그 집 우물 앞에 놓여 있었다.

하늘을 나는 절굿공이

경성에 사는 방(方) 서방은 방귀의 명수였다. 그런데 경상북도 안동(安洞)에 권(權) 생원이라는 방귀의 명인이 있다는 소문을 듣고 그 실력을 겨뤄보기 위해 안동으로 내려갔다. 생원의 집으로 가서 하룻밤 묵기를 청하자 한 총각이 나와 말했다.

"죄송하지만 재워드릴 수가 없습니다."

그 이유를 묻자,

"실은 제 아버지가 방귀를 너무 심하게 뀌어서 손님이 참기 힘드실 겁니다."라고 대답했다.

이 말을 들은 방 서방은 '소문이 틀리지 않았구나'라고 크게 기뻐하며 말했다.

"나는 경성에 사는 방 서방이라는 사람인데, 방귀의 명수입니다.

아버지와 방귀 대결을 하러 일부러 여기까지 왔습니다."

그러자 총각은,

"그럼 한 번 뀌어 보십시오."라고 말했다.

방 서방이 "좋소."라고 대답하고 방귀를 뿡 뀌자, 그 방귀 기운에 거기 서 있던 총각이 아궁이로 빨려 들어가 굴뚝으로 튀어 나왔다. 총각이 그 길로 뛰어 들어가 아버지 권 생원에게 이 사실을 고하자, 권 생원은 곧장 밖으로 나와 방 서방과 실력을 겨루기에 이르렀다. 일단 권 생원이 방귀를 뿡 뀌자 절구에 있던 절굿공이가 날아와 방 서방의 엉덩이를 세게 쳤다. 방 서방이 불같이 화를 내며 있는 힘껏 방귀를 뀌자 절굿공이가 하늘로 솟아올랐다. 이를 보고 권 생원도 힘껏 방귀를 뀌자 커다란 절굿공이가 공중에서 한참을 오르락내리락 했다. 덕분에 마을의 쌀이 모두 하얗게 찧어졌다고 한다.

뻔뻔한 딸

돈 많은 노인이 시집 간 딸의 집을 방문했는데 마침 딸은 소에게 먹일 건초를 말리고 있었다.

딸은 "아버지, 들어오세요. 들어와서 점심이라도 드시고 가세요." 라고 말하면서 일을 멈출 생각은 하지 않는다. 아버지는 화가 나서 집으로 돌아가 아내에게 '딸에게 내가 죽었다는 전갈을 보내라'고 하고 죽은 척을 하고 있는데, 소식을 들은 딸이 급히 달려 왔다. 그리고 큰 소리로 울면서 말했다.

"조금 전에 뵐 때까지만 해도 건강하셨는데…아무렇지도 않게 닭국에 쌀밥을 맛있게 드시고 올해는 논 다섯 마지기와 밭 두 마지기를 너에게 주겠노라 말씀하시고선 이렇게 돌아가시다니…이렇게 슬픈 일이 또 있을까?"

이 말을 들은 아버지는 벌떡 일어나 소리쳤다.

"염치없는 것. 다시 한 번 말해 보거라. 건초만 말리고 있던 것이 쌀밥이 어떻고, 닭국이 어째? 또 내가 언제 너에게 논 다섯 마지기와 밭 두 마지기를 주겠다고 했느냐? 기가 막혀서 말이 안 나오는구나."

딸은 순간 깜짝 놀랐지만 원체 만만치 않은 인물이다.

"아버지가 돌아가신 것이 사실이라면 제가 말한 것도 사실이겠죠."

딸 덕분에 왕이 되는 아버지도 있는가 하면 이런 딸도 있으니 세상은 참으로 다양하다.

냄새 맡는 값

세끼 밥보다 곤이[18]를 좋아하는 남자가 있었다. 나이가 들어 형편이 어려워지자 그 좋아하는 곤이를 먹을 수 없게 되었다. 그래서 근처 술집에 가서 곤이를 굽는 냄새를 맡는 것만으로 최소한의 만족을 얻고 있었다. 그러나 너무 자주 가니 술집 주인이 귀찮아져서,

"냄새를 맡을 거면 냄새 맡는 값을 내시오."라고 말하자 남자는 얼마간의 돈을 내 놓았다. 주인이 그 돈을 가져가려 하자 재빨리 그 돈을 잡아채며 말했다.

"나도 먹지는 않고 냄새만 맡았으니, 당신도 돈을 본 것만으로 충분하지 않소?"

18 물고기의 배속에 있는 알

202

수만 냥을 꿀꺽한 대감

돈 많은 양반 집에서는 지금도 가정교사를 고용해 자식들에게 한자를 가르치는 경우가 많다.

옛날 북촌(北村) 양반 집에서 일하던 노부부가 있었다. 이 부부는 하나뿐인 아들을 애지중지했는데, 어느 날 이 아들이 동전을 입에 물고 놀다가 꿀꺽 삼켜버렸다. 엄마가 깜짝 놀라 그 집 가정교사에게 가서 말했다.

엄마: "선생님, 큰일 났습니다. 아이가 동전을 삼켰는데 어떻게 하죠? 괜찮을까요?"

선생님이 침착한 목소리로 대답했다.

선생님: "걱정 말게. 죽지 않네."

엄마: "선생님, 정말 괜찮을까요?"

선생님: "괜찮고말고. 이 집 대감을 봐. 수만 냥을 꿀꺽하고도 멀쩡히 살아있지 않은가?"

부자가 되는 길

가난한 사람이 부자가 되려고 여러 가지 궁리를 해 보았지만 아무리 해도 좋은 방법이 생각나지 않았다. 그래서 부자에게 가서 물었다.

"당신은 대대로 부자이니 부자가 되는 길을 알고 있을 것입니다. 제게 가르쳐 주십시오."

그러자

부자: "좋아. 알려주지."라고 말하며 뒷산으로 데려가 그 산에 심어져 있는 나무를 가리키며,

"이 나무 꼭대기에 올라가게."라고 말했다.

가난한 사람이 올라가 보니 꽤나 높다.

부자: "그 가지 끝을 잡고 매달리게."

가난한 사람이 시키는 대로 하자,

부자: "한 손을 떼게."

부자가 시키는 대로 한 손을 떼자,

부자: "다른 한 손도 떼게."

두 손을 다 떼면 떨어져 죽을 것이 뻔하다. 가난한 사람은 부자에게 말했다.

가난한 사람: "이렇게 하면 부자가 될 수 없지 않습니까? 이 손마저 떼면 떨어져 죽습니다."

부자: "그럼 내려오게. 그런데 만약 부자가 되고 싶다면, 지금 그 나뭇가지를 놓지 않은 것처럼 손에 들어온 돈은 한 푼도 놓지 말아야 하네."

제멋대로 증서

거짓말의 명수인 맹(孟) 생원이 글을 모르는 사람을 속여 한 달 후에 돌려주겠다고 약속하고 돈을 빌렸다. 그리고 증서에는 '갚고 싶어지면 갚는다. 갚고 싶어지기 전까지는 돌려주지 않아도 된다'고 써 놓았다.

돈을 빌려 준 사람은 글자를 읽지 못하니 그 증서를 받아들고 갔다가, 한 달 후에 돈을 갚으라고 재촉하니 맹 생원이 말하길,

"아직 갚고 싶지 않으니 갚지 않겠다."

서로의 의견이 일치하지 않으니 어쩔 수 없이 소송을 하게 되었다. 관리는 증서를 보면서 맹 생원에게,

관리: "왜 남의 돈을 갚지 않는가?"

맹 생원: "그 증서에도 적혀 있듯이 아직 갚고 싶지 않으니 갚지

않는 것입니다."

관리는 생원의 행동이 얄미웠다.

관리: "그래, 갚을 마음이 없다면 갚으라고 할 수 없지. 하지만 그 대신 오늘부터 너를 감옥에 넣을 테니 언제든 돈이 갚고 싶어지면 말해라."

관리는 이렇게 말하고 맹 생원을 감옥에 집어넣었다.

맹 씨가 감옥에서 생각을 해 보니 돈을 갚지 않으면 감옥에서 나 갈 수 없을 것 같았다. 그는 결국 이렇게 말했다.

"이제 돈이 갚고 싶어졌습니다."

노총각과 서당 선생님

왕십리(往十里)에 서른이 넘은 총각이 있었다. 나무를 하는 일과 밥을 많이 먹는 일 외에는 아무것도 모르는 어리석은 자였다. 어느 날, 늘 하던 것처럼 산에 나무를 하러 갔다가 길에서 멋지게 차려입은 양반이 걸어가고 있는 것을 보고 부러워졌다. 그래서 집에 돌아와서 아버지에게 자기도 양반처럼 되고 싶다고 말하자,

아버지: "학문을 하면 그렇게 될 수 있다. 어떠냐? 서당에 가서 공부를 하겠느냐?"

총각: "학문은 어떻게 하는 것입니까?"

아버지: "선생님이 말씀하시는 대로 하면 된다."

총각이 천자문을 가지고 가까운 서당에 가서 배움을 청하자 선생님은 책을 들고,

선생님: "하늘 천(天). 자 읽어 보거라."

총각은 선생님이 말하는 대로 해야 한다는 생각에,

총각: "하늘 천(天). 자, 읽어 보거라."라고 선생님의 말을 똑같이 따라했다.

선생님: "자, 읽어 보거라라는 말은 안 해도 된다."

총각: "자, 읽어 보거라라는 말은 안 해도 된다."

선생님: "자, 읽어 보거라라는 말은 안 해도 된다니까."

총각: "자, 읽어 보거라라는 말은 안 해도 된다니까."

선생님이 화가 나서 회초리를 휘두르며,

선생님: "자, 읽어 보거라라는 말은 빼고 하늘 천(天)이라고만 하면 된다."

총각: "자, 읽어 보거라라는 말은 빼고 하늘 천(天)이라고만 하면 된다."

결국 선생님이 더 이상 참지 못하고 총각을 한 대 때리자 총각도 회초리를 빼앗아 선생님의 머리를 때렸다.

"이 바보. 돌아가거라."

선생님이 책을 내 던지며 시뻘게진 얼굴로 화를 내자 총각도 똑같이 책을 내던지며,

"이 바보. 돌아가거라."라고 말한다.

선생님도 어찌할 바를 몰라 난감해하고 있던 차에 총각의 아버지가 아들이 잘 하고 있나 보러 왔다가 그 모습을 보고 깜짝 놀라 총각을 데리고 집으로 돌아갔다. 총각이 아버지에게 말했다.

총각: "아버지, 학문이라는 것은 참으로 어려운 것이군요."

아버지: "그렇지. 학문이 쉬운 것이라면 왜 사람들이 학자를 존경하겠느냐?"

잡동산이 雜同散異

'잡동산이'란 잡다한 물건이라는 뜻인데, '산이'라는 말로 말장난을 친 것이다.

조그만 아이가 주머니에 뭔가를 가득 넣고 있는 것을 보고,

어른: "무엇이 들어 있느냐?"

아이: "산이 들어 있습니다."

어른: "뭐? 산이라고? 그렇게 조그만 주머니에 어떻게 산이 들어 간다는 것이냐?"

아이: "잡동산이가 들어가 있습니다."

공 서방

'배'와 '공'은 조선의 성(姓) 중 하나이다. 그런데 '배'는 과일 배(梨), '공'은 동그란 놀이기구인 공과 같은 발음이기 때문에 이런 우스운 이야기가 탄생한 것이다.

어느 마을에 얼빠진 군수가 부임하게 되었다. 이방을 불러 "네 이름은 무엇이냐?"라고 묻자 "배(裵) 씨입니다."라고 대답했다. 군수는 잊어버리면 안 된다는 생각에 종이에 동그란 배 모양을 그려두었다. 다음 날 아침, 이방이 아침 문안을 드리러 왔다. 군수는 어제의 종이를 꺼내 보니 동그라미가 그려져 있는 것이 아닌가? '동그라미니까…공…아, 공(孔) 씨구나'라고 생각하고,

"자네, 공 서방이라 했지?"라고 하자 이방이 대답하길,

"아니, 저는 배 서방입니다."

군수: "아, 배 꼭지 그리는 것을 잊었군."

꼭지 서방

　황해도 곡산(谷山)에 사는 배춘부(裵春夫) 씨는 건망증이 심해서
항상 자신의 성을 까먹었다. 그래서 항상 배를 옷에 달고 다녔다. 길
을 걷다가 다른 사람이 이름을 물어보면 그 배를 보고 "배 서방입니
다."라고 대답하곤 했다. 그런데 어느 날, 옷에 매달아 두었던 배가
떨어져 꼭지만 남아있는 사실을 모르고 있던 차에 어떤 사람이 이름
을 물어보았다. 배 씨는 늘 하던 것처럼 배를 쳐다보니 꼭지만 남아
있는 것이 아닌가? 배 서방이 대답하길,

　배 서방: "나는 꼭지 서방이오."

손의부孫義夫와 주인조朱仁助

'손'은 조선의 성이다. 동지란 관명으로, 동지중추부사(同知中樞府事)의 줄임 말이다.(종2품) 상대방을 자신의 아들이나 손자로 만드는 것은 조선에서 유 행하는 말장난이다.

손(孫) 동지는 이름난 부자였는데 처음 만나는 사람과 인사를 할 때, 늘 자신의 이름을 가지고 상대방을 놀리는 버릇이 있었다.

손님: "이름이 어떻게 되십니까?"

손 동지: "네, 나는 당신의 아버지입니다."('손의부'라는 이름으로 손님의 부(父, 아버지)라고 말장난을 친 것)

늘 이렇게 상대방을 놀리니 손님들은 화를 내고 가버렸고, 더 이상 찾아오는 이도 없었다.

그런데 어느 날, 손님이 찾아왔다.

손님: "이름이 어떻게 되십니까?"

손 동지: "네, 나는 당신의 아버지입니다."

손님: "예, 나는 주인장의 할아버지입니다."('주인조'라는 이름으로 주인장의 조부(祖父, 할아버지)라고 말장난을 친 것)

펄쩍 뛰어 갓을 망가트린 아들

병(丙)의 집에 문상을 갈 일이 생기자 갑(甲)이 을(乙)에게 자신의 아들을 데리고 가 달라고 부탁했다. 갑은 자신의 아들에게 "너는 예의범절을 잘 모르니 전부 을이 하는 대로만 하면 된다."고 일렀다. 갑의 아들은 알았다고 하고 을과 함께 병의 집으로 가서 을의 행동을 그대로 따라했다. 그런데 을의 갓이 문 위의 가로대에 걸려 망가졌다. 그러자 키가 작은 갑의 아들은 펄쩍 뛰어 자신의 갓을 가로대에 박아서 망가트리고는 을의 소매를 붙잡으며 이렇게 말했다.

"이건 좀 어려웠습니다."

책임을 지고 곤장을 맞는 손 동지

밀양의 학자인 손(孫) 씨가 돌아가신 아버지의 제사에 쓸 생각으로 사랑채 앞에 있는 배를 따서 부인에게 보관하라 일러두었다. 그런데 부인은 아이가 울자 마음이 약해져 아이가 울 때마다 배를 하나씩 주었고, 그러는 사이 배는 없어지고 말았다. 드디어 아버지의 제삿날이 되어 손 씨가 배는 어디에 있느냐고 묻자 부인이 사실을 털어놓았다. 손 씨는 불 같이 화를 낸 후,

"일이 이렇게 된 것은 필경 내가 단속을 제대로 하지 못했기 때문이다."라고 말하며 부인에게 몽둥이를 들고 오게 했다. 그리고 사당 앞에서 자신의 볼기를 내 놓으며 말했다.

"자, 이 몽둥이로 집안 단속을 제대로 하지 못한 내 엉덩이를 열 대 치게."

부인은 남편의 행동이 조금 이상하다고 생각했지만 남편이 시키는 대로 몽둥이를 들고 눈에서 불을 뿜으며 세게 내리쳤다. 그러자 손 씨가 펄쩍 뛰며 말하길,

"나머지는 다음에 하도록 하지."

옷을 어떻게 할 것인가?

조선에서는 결혼식 날 밤 신랑이 신부의 옷을 벗기는 것이 관습이다.

딸만 셋이 있는 집이 있었다. 나이가 들어 하나 하나 시집을 가게 되었는데, 첫째 딸은 결혼식 날 밤 너무나 부끄러운 나머지 옷을 벗지 않아 이혼을 당했다. 둘째 딸은 언니가 옷을 벗지 않아 이혼을 당했다는 말을 듣고 침실에 들어가기도 전에 옷을 벗고 알몸이 되어 이혼을 당했다. 셋째 딸은 언니 중 한 명은 옷을 벗지 않아 이혼을 당하고, 다른 한 명은 옷을 벗어 이혼을 당했다는 말을 듣고 어찌해야 할지 생각하다가 이윽고 결혼식 날 밤이 되었다. 셋째 딸은 신랑을 보고 물었다.

"옷을 벗을까요? 벗지 말까요?"

이 말을 들은 신랑은 신부가 뭔가 이상하다고 생각해 역시 이혼을 하게 되었다.

돼지와 닭을 합쳐서 65냥

　어떤 사람이 돼지를 팔려고 시장에 가다가 날이 저물어 어느 여관
에서 하룻밤을 묵게 되었다. 그런데 그날 밤, 데리고 가던 돼지가 그
여관의 닭 한 마리를 잡아먹었다. 여관 주인이 남자에게 닭 값을 청
구하자 이 남자는,

　"지금은 돈이 없으니 내일 이 돼지를 팔아 돈을 주겠소."라고 대
답했다.

　다음 날, 여관 주인도 같이 시장에 갔다. 어떤 사람이 돼지의 값
을 묻자 이 남자가 대답하길,

　"돼지는 50냥인데, 이 돼지는 지난 밤 이 사람의 닭을 잡아먹었습
니다. 그래서 닭 값까지 합쳐서 65냥입니다."

이령비령耳鈴鼻鈴 (귀에 걸면 귀걸이 코에 걸면 코걸이)

임산부가 산달이 되어 무당을 불러 복중에 있는 아이의 성별을 점쳤다.

무당이 쌀을 흩뿌리며 말하길,

무당: "부인의 운으로 보면 태아는 딸입니다."

집안사람들이 실망하자,

무당: "하지만 남편의 운으로 보면 태아는 아들입니다."

이실직고以實直告

조선어에는 '먹는다'에 '마신다'라는 의미도 있다. 하지만 이것은 무례한 표현이라 윗사람에게는 사용하지 않는다.

옛날에 가마솥을 훔쳐 세상을 살아가는 괘씸한 남자가 있었다. 어느 날 가난한 양반이 물었다.

"너는 일도 하지 않고 매일 노는 것 같은데, 무엇을 먹고 사느냐?"

그러자 남자가 대답했다.

"저와 함께 가보시지요. 그러면 알게 될 것입니다."

양반은 기뻐하며 그 남자 뒤를 따라가다가 어느 집 담 아래에 이르렀다. 남자가 가볍게 담을 뛰어넘자 양반도 그의 뒤를 따랐다. 두 사람은 부엌으로 들어갔다. 도둑이 거기에 있던 솥을 가리키며 양반에게 이 가마솥을 가지고 가라고 했다. 양반이 가마솥 뚜껑을 열자 술 냄새가 코를 찔렀다. 원래 술이라면 정신을 못 차리는 양반님은 체면이고 나발이고 술로 주린 배를 채우고 나자 흠뻑 취해버렸다.

도둑이 '이제 그만 먹으라'고 주의를 주자 양반이 벼락같은 목소리로 소리쳤다.

"뭐라고? 그만 먹으라고? 양반에게 그만 먹으라니? 이 무례한 것!"

그러자 도둑은 깜짝 놀라 그대로 줄행랑을 쳤다. 집 주인이 밖이 너무 소란스러워 잠이 깨서 부엌으로 나와 보니 낯선 남자가 하나가 술에 취해서는 "뭐라고? 그만 먹으라고? 양반에게 그게 무슨 말버릇이냐?"라고 소리치고 있었다. 그날 밤은 그 집에서 재우고, 다음 날 어찌된 일인지 물어보니 양반이 면목 없다는 표정으로 '사실은 이러저러한 사정이 있었다'고 사실을 털어 놓았다. 주인은 이 양반을 크게 동정하여 많은 양의 돈과 곡식을 주었다. 양반이 말하길,

"역시 숨기지 않고 이실직고하는 것만한 것이 없다."

가장 무서운 것

조선에서도 아주 힘이 드는 일을 '똥을 싼다'라고 표현한다.

옛날에 이야기를 좋아하는 재상이 있었는데, 늘 손님들의 이야기를 다 들은 후,

"이 세상에서 가장 무서운 것은 뭘까요?"라는 질문을 했다. 손님들이 각자 자신이 가장 무섭다고 생각하는 것을 이야기했지만, 재상을 만족시킬만한 답은 나오지 않았다. 그런데 어떤 남자가,

"이 세상에서 가장 무서운 것은 여자와 변소입니다."라고 대답했다. 재상이 그 이유를 묻자,

"예부터 지금에 이르기까지 그 많은 왕후장상, 영웅호걸 중에 여자에게 굴복하지 않은 자와 변소에 가서 똥을 누지 않은 자는 아무도 없었습니다."

며느리의 기지에 얼굴이 빨개진 시아버지

시아버지와 며느리가 있었다. 어느 날 며느리가 콩죽을 쑤었는데, 며느리가 잠깐 물을 길러 간 사이 시아버지가 와서 죽 한 그릇을 다 먹고는 조금 후에 또 한 그릇을 먹겠다고 욕심을 부렸다. 커다란 사발에 죽을 가득 담았는데, 막 끓인 죽이라 너무 뜨거워 먹을 수가 없었다. 우물쭈물하다가 며느리에게 들키면 큰일이라는 생각에 변소로 가지고 가 변소 안에서 후후 불면서 죽을 식히고 있는데, 며느리가 물을 길어 돌아왔다. 시아버지의 모습이 보이지 않자 며느리는 절호의 기회라고 기뻐하면서 사발에 죽을 떴다. 그리고 시아버지에게 들키지 않기 위해 역시 변소로 죽을 가지고 갔다. 변소 안에는 먼저 온 손님인 시아버지가 며느리가 오는 것을 눈치 채고는 사발을 엎어 머리 위에 얹고 똥을 싸는 시늉을 하고 있었다. 안으로 들어간

며느리는 시아버지가 안에 있는 것을 보고 깜짝 놀랐지만, 재빨리
기지를 발휘해 가지고 온 죽사발을 시아버지 앞에 내밀며 말했다.

"아버님, 이거 드세요."

시아버지: "아니다. 그렇게 뜨거운 죽은 보기만 해도 이마에서 땀
이 나는구나."

천황씨天皇氏는 수염이 많다

학동이 사략(史略)을 읽고 있는데 한 노인이 반쯤 농담으로 물었다.

"천황씨(天皇氏)[19]의 얼굴은 어떻게 생겼느냐?"

학동: "수염이 많이 나 있습니다."

노인: "어떻게 수염이 많은 것을 아느냐?"

학동: "그럼 수염이 많지 않다는 것은 어떻게 아십니까?"

19 중국 고대 전설상의 제왕

송아지의 부모

어느 곳에 형제가 살고 있었다. 검은 소와 누런 소를 키우고 있었는데, 어느 날 누런 소가 검은 소의 새끼를 낳았다. 마침 그 때 동생은 외출 중이었는데, 집으로 돌아와 형에게 말했다.

동생: "형님, 우리 집 검은 소가 새끼를 낳았어요."

그러자 형이 대답하길,

형: "아니지, 누런 소가 낳았지."

동생: "누런 소가 검은 송아지를 낳습니까?"

형: "어허, 누런 소가 낳은 거라니까."

두 사람이 지지 않고 말싸움을 하고 있는 것을 보고 형제의 부인들이 웃으며 말하길,

"남자들은 참 쓸데없는 걸로 말싸움을 하는군요."

아들이 둘 있는 집이 있었다. 어느 날, 아버지가 유언 한 마디 남기지 않고 갑자기 세상을 떠나 버렸다. 초상을 치르고 2, 3일이 지난 어느 날 밤, 동생이 잠든 사이 욕심 사나운 형이 갑자기 커다란 소리로 울기 시작했다. 깜짝 놀란 동생이 일어나 말했다.

"형님, 곡을 하시려면 같이 하시지요. 그렇게 혼자 울지 않으셔도 됩니다."

그러자 형이 대답하길,

"아니, 그런 것이 아니다. 사실 지금 막 꿈을 꿨는데 아버지가 나타나서 한없이 부드러운 목소리로 모든 전답을 나에게 주겠다는 말씀을 하시는 참에 잠이 깼구나. 그 고마우신 마음을 생각하니 기쁘고도 슬퍼서 울음이 터져버렸다."

동생은 형의 마음을 간파했지만 아무것도 모른다는 얼굴로 다시 자리에 누웠다. 잠시 후 이번에는 동생이 큰 소리로 울기 시작했다. 자고 있던 형이 깜짝 놀라 이유를 묻자,

"지금 꿈속에 아버지가 나타나 말씀하시길 집은 형에게 주고 나머지 가재도구와 모든 재산은 제게 준다고 하셨는데 눈을 떠보니 이 모든 것이 꿈이고 아버지의 그림자도 보이지 않으니 눈물이 납니다."라고 대답했다.

형이 웃으며 말하길,

형: "'춘몽허사', 즉, 헛된 한바탕 봄꿈이라는 말이 있으니 네 꿈은 믿을 수가 없다."

동생: "그럼 형님의 꿈은 이번 가을이 되기 전에 꾸신 꿈입니까?"

백로 꼬리의 흑백

남촌(南村)에 사는 재상과 북촌(北村)에 사는 재상이 병풍에 그려져 있는 백로를 보고, 백로의 꼬리는 하얗다, 아니다, 까맣다라고 싸우고 있는데 영남(嶺南)의 유학자가 들어왔다.

남촌의 재상: "백로의 꼬리는 하얗지요?"

북촌의 재상: "백로의 꼬리는 까맣지요?"

영남의 유학자는 하얗다고 하면 남촌의 재상에게 미안하고, 까맣다고 하면 북촌의 재상에게 미안하기에,

영남의 유학자: "아, 백로는 서 있을 때에는 꼬리가 하얗고, 날아다닐 때에는 꼬리가 까맣습니다."

남촌의 재상이 웃으며 북촌의 재상에게 말했다.

"자네는 날아다니는 백로만 본 게로군."

소년의 계략에 걸린 도둑

'선달'이란 무관의 직명인데, 원래 선달이었다가 그만 둔 경우에도 역시 '선달'이라고 불렀다.

공주령(公州嶺)의 김(金) 선달은 커다란 약재 도매상을 하고 있었다. 어느 날 한 남자가 인삼 30바리[20]를 가지고 와서 김 선달에게 맡기면서, 조금 있다 인삼 값이 오르면 인삼을 팔아서 갚겠다며 만 냥만 변통해 달라고 부탁했다. 김 선달은 저 정도의 인삼이라면 아무리 싸게 팔아도 5, 6십 만 냥은 될 것이라는 생각에 안심하고 흔쾌히 만 냥을 빌려 주었는데, 인삼 장사는 돈을 손에 넣자마자 36계 줄행랑을 처버렸다. 아무리 기다려도 오지 않아 김 선달이 창고에 있는 인삼을 열어 보니 이 어찌된 일인가! 인삼은 하나도 없고 전부 변변찮은 도라지 뿌리를 묶어놓은 것이었다. 김 선달이 탄식하고 있자니 올해 열두 살이 되는 아들이 와서,

"저에게 좋은 생각이 있으니 가만히 계세요."라고 말

20 1바리는 135kg

했다. 어떻게 하는지 보니, 그날 밤 창고에 있던 도라지를 보이지 않는 곳에 숨기고, 창고 벽에 사람이 드나들만한 구멍을 낸 후 부모를 그 구멍 옆에 앉혔다. 그리고 '어떤 상인이 맡기고 간 30바리의 인삼을 도둑맞았는데 만약 그 인삼을 맡긴 사람이 돌아와 돌려달라고 하면 재산 전부를 다 털어도 모자라다'고 말하면서 울라고 했다.

한편 도둑은 상당히 멀리까지 도망가서 이 소식을 듣고,

'이거 상황이 기막히게 돌아가는 걸? 도망칠 필요도 없군. 돌아가서 30바리의 인삼 대금을 요구하면 만 냥을 돌려준다고 해도 4, 50만 냥은 이익을 보겠군. 게다가 도둑이라는 오명도 벗을 수 있고'라고 생각하고는 뻔뻔스럽게 돌아갔는데, 그의 운은 여기까지였다. 그는 선달에게 붙잡혀 어렵게 훔친 만 냥도 주인에게 돌려주어야만 했다.

윗부분만 당신을

    딸만 일곱 명을 낳은 재상의 부인이 또 출산을 하게 되었다. 재상이 장지문 밖에 앉아 있다가 '응애'하는 울음소리를 듣고 부인에게,

    "이번에는 아들인가? 딸인가?"라고 물으니 부인은 또 딸을 낳았다는 말을 하기가 미안해,

    "윗부분은 당신을 쏙 빼닮았습니다."라고 대답했다.

    재상은 한숨을 쉬며 말했다.

    "그럼 아랫부분은 당신을 닮은 거로군."

양수良壽의 대답

양수라는 똑똑한 아이가 있었다. 어느 날, 앞니가 빠진 것을 보고 어떤 손님이,

"네 입에 개구멍이 생겼구나."라고 놀리자 양수가 대답하길,

"아저씨가 이 구멍으로 나오지 않으셨습니까?"

문에 그린 인형 그림

시골에서는 길을 찾기가 어렵고, 도시에서는 집을 잃어버리기 쉽다. 시골에 사는 어떤 유학자가 도시에 올 일이 생겨 남대문 안에 사는 차(車) 선달의 집에서 묵기로 했다. 일을 보러 나가는 길에 집을 잃어버리면 큰일이라는 생각을 한 유학자는 문에 사람 모양의 인형을 그려놓았다. 일을 마치고 집으로 돌아가려는데 역시나 집을 찾을 수가 없었다. 당황하여 여기저기 돌아다니며 인형 그림을 찾다가 문 앞에 인형을 그려놓은 집을 발견했다. 다행이라고 생각하며 들어가 보니 집 구조가 비슷하긴 하지만 집주인이 다른 사람이었다. 그 그림은 눈병을 앓고 있는 사람이 있어 그 액을 쫓기 위해 그려놓은 것이었는데, 그 사실을 모르는 유학자는,

"이 집에도 나 같은 사람이 있구나. 그러고 보니 나만 길을 못 찾는 게 아니군."이라고 혼잣말을 했다.

너 역시 우리와 같다

훈련도감은 조선시대 군영이 하나이고, 훈련대장은 훈련도감의 우두머리.
(종2품)

독립문 안에 있는 시장에 청홍 깃발을 세워 놓고 훈련도감 포수들이 연습을 하고 있는데, 어느 날 훈련대장이 병사들에게 명령했다.

"너희들 중에 여자가 말하는 것을 듣는 자는 파란 깃발 앞에 서고, 듣지 않는 자는 흰 깃발 앞에 서라."

나란히 서 있던 병사들은 전부 파란 깃발 앞으로 갔는데, 단 한 사람이 흰 깃발 앞으로 갔다. 대장이 이유를 묻자 이렇게 대답했다.

"실은 제 아내가 사람이 많은 곳은 위험하니 절대로 가지 말라고 해서요."

대장이 말하길 "너 역시 우리와 같군."

영리한 두 소년

어느 날, 선생님이 학생들의 지혜를 시험해보려고,

"여기 돈이 한 푼 있는데, 이 돈으로 방을 가득 채울 수 있는 물건을 사 오거라."라고 말했다. 그러자 갑(甲)이라는 아이가 양초 한 자루를 사 왔다. 그리고 초에 불을 붙이자 찬란한 빛이 방을 가득 채웠다.

다음으로 을(乙)이라는 아이가 짚 한 다발을 사 와서 화로에 넣고 태우자 방 안이 하얀 연기로 가득 찼다. 선생님은 물론 학생들도 무릎을 치며 두 사람의 지혜에 감복했다.

정신없는 민 참봉

참봉(參奉)은 능(陵), 원(園), 종친부(宗親府), 돈녕부(敦寧府), 예빈시(禮賓寺), 곡옥서(曲獄署) 등에 속해 있던 최말단 관직. 종9품. 주사(主事)는 각 관청의 관원.

민(閔) 참봉이라는 양반은 건망증으로는 전국 제일이었다. 어느 날 신(申) 주사의 첫 제삿날 그의 집을 방문했다가 같이 온 방(方) 진사에게 물었다.

민 참봉: "신 주사는 어디 갔나?"

방 진사: "나는 신 주사의 제삿날이라 이 집에 왔는데, 자네는 왜 온 건가?"

민 참봉은 그제서야 그 사실을 깨닫고,

민 참봉: "아, 그랬지? 나도 제사라 온 거였지."

조금 있다가 다시,

방 진사: "신 주사는 왜 죽었지?"

민 참봉: "산에 꽃구경 갔다가 높은 곳에서 떨어져 죽었지."

방 진사: "아이참, 그렇게 위험한 곳에 올라가다니……"

민 참봉: "위험하나마나 죽었는데 그보다 더 큰 일이 어디 있겠
나? 자네는 여전히 정신이 없구먼."

사탕이 아니라 똥

말을 잘 하는 남자가 있었는데, 말로는 아무도 그의 상대가 되지 않아 자만심이 하늘을 찔렀다. 어느 날 길을 걷고 있는데 어떤 소년이 길을 물었다. 길을 가르쳐주다가 자기도 모르고 방귀를 뀌어버렸다.

"조금 전에 사탕을 먹었더니 방귀가 나오네. 얘야, 달콤한 냄새가 나지?"라고 하니 소년이 대답하길,

"아저씨, 조금 전에 드신 건 사탕이 아니라 똥인 것 같아요. 그래서 똥 냄새가 나나 봐요."

성질 급한 사위

느릿느릿한 남편에게 질린 과부가 딸만은 빠릿빠릿한 남자에게 시집보내야겠다는 생각으로 사위를 찾고 있었다. 섣달 그믐날 한 총각이 찾아와 사랑채의 화장실을 빌렸는데, 바지 끈이 잘 풀리지 않자 칼로 잘라버리는 것을 보고 과부는 '바로 이 사람이다!'라고 생각해 그 자리에서 결혼을 하기로 약속했다.

"결혼 날짜는 언제가 좋을까?"라고 물으니 총각이,

"오늘이 아니면 언제 하겠습니까?"라고 대답해, 길일이고 뭐고 그날 밤 식까지 올리게 되었다. 다음 날 신부 방에서 울음소리가 나서 그 이유를 물어보니 신부가 대답하길,

"결혼을 하는 것은 아이를 낳기 위해 하는 것인데, 결혼한 지 햇수로 2년이나 지났는데 왜 아이가 생기지 않느냐며 억지를 부립니다."

땡중

　땡중이 어떤 술집에 가서 돼지고기를 안주로 삼아 술을 마시고 계산도 하지 않고 돌아가려했다. 술집 주인이 그를 불러 세워 돈을 내라고 하자 땡중은 시치미를 떼며 "내가 언제 이 가게에서 술을 마셨는가?"라고 했다. 하는 수 없이 소송을 하게 되었는데, 원님 앞에 나가 땡중이 말하길,

　"전혀 기억이 없는 일입니다. 그 앞을 지나가다가 너무 추워서 들어가 몸을 녹였을 뿐입니다. 원컨대 밝은 정사로 이 몸의 오명을 벗겨주시고, 탐욕스러운 술집 주인을 벌해주시옵소서."

　군수는 잠시 생각하다가 아랫사람을 시켜 물을 한 그릇 떠오게 해서 땡중에게 입을 헹군 후 다시 그 물을 뱉으라고 했다. 그러자 그 물에는 돼지기름이 떠 있고, 고기 냄새가 났다.

　군수는 "뻔뻔한 것!"이라고 하며 15대의 곤장을 치니 땡중도 더 이상 거짓말을 하지 못하고 사실을 고백했다.

불향답(佛響畓) 반환 청구 소장

> 불향답이라는 것은 자손의 번영과 후세의 행복을 위해 절에 바치는 전답이다.

경상도 감사(監使)에게 소장 한 장이 도착했다. 불향답 반환 청구에 대한 소장이었다.

나의 조부가 자손번영을 위해 전답을 한 마지기 경주 불국사에 봉납했는데, 자손들이 번영하기는커녕 점점 가난해져 이제는 동냥질이라도 해야 할 판국입니다. 바라건대 봉납했던 불향답을 반환해주십시오.

감사가 여러 가지로 생각을 해 보았지만 좋은 판결이 생각나지 않아 고민하고 있던 차에 선산(善山) 군수가 찾아왔다.
감사: "선산 군수, 요즘 어떠신가?"

군수: "선산군처럼 작은 군에는 아무 일도 없습니다."

감사: "그럼 이 소장에 대한 판결문을 부탁하네."

선산 군수가 소장을 보고 별로 생각도 하지 않고 죽죽 써내려간 판결문은,

獻畓枚佛前　自求多福

땅을 부처님께 바쳤네. 많은 복을 구하기 위함이네.

佛亦無靈　猶子亦貧

부처님 영험도 없이 자손이 가난하네.

福歸枚佛　畓歸枚人

복은 부처에게 돌려보내고 땅은 사람에게 돌려보내라.

입춘대길

옛날에 여행을 하다가 여비가 없어 시골집의 사랑채에 머물기로 한 사람이 있었다. 마침 그날 밤은 그 집 제삿날이었는데, 공교롭게도 그 마을에 하나밖에 없는 지방(조상의 이름을 쓴 종이)을 쓸 줄 아는 사람이 시장에 가서 돌아오지를 않았다. 당황한 주인이 사랑채에 묵고 있는 손님에게 가서 사정을 이야기하고 지방을 써달라고 부탁했다. 이 남자도 까막눈이기는 매 한가지였지만 고개를 갸웃거리더니 해서체로 '강남춘행(江南春行)'이라고 써 주었다.

그리고 제사 음식을 대접받았는데, 다음 날 지방을 쓸 줄 아는 사람이 시장에서 돌아와 주인에게 어제 제사는 어떻게 지냈냐고 묻자,

주인: "아무리 기다려도 돌아오시지 않아서 난감해 하던 차에 경성에서 오신 손님에게 부탁했습니다."

라고 말하며 어제 쓴 지방을 꺼내 보여주었다. 그러자 남자는 유심히 살펴보더니,

　남자: "올해는 아주 훌륭한 제사가 되었겠군. 글씨도 아주 멋지고."

　손님이 옆에서 그 말을 듣고 있다가,

　손님: "그럼 지금까지는 어떻게 썼습니까?"라고 묻자 남자가 대답하길,

　"언문으로 입춘대길이라고 썼습니다."

한석봉韓石峯의 어머니

한석봉은 경기도 개성 사람으로 선조 때 25세의 나이로 진사가 되었다. 조선의 홍법대사라 할 수 있을 정도로 유명한 서예가이며, 명장 이여송(李如松), 류큐의 사신 양찬(梁燦) 등도 그의 글자를 주문했다. 명나라의 왕세정(王世貞)은 '그 서체가 마치 성낸 사자가 돌을 긁는 듯하다'라고 했고, 주지번(朱之蕃) 또한 '석봉의 글씨는 능히 왕우군(王右軍), 안진경(顔眞卿)과 어깨를 겨눌 만하다'고 하였다.

한석봉의 어머니는 떡을 팔아 석봉을 유학시켰는데, 2, 3년 후 석봉이 돌아왔다. 그날 밤, 어머니는 방의 불을 모두 끄고 석봉에게 글씨를 쓰게 했다. 불을 켜고 석봉이 쓴 글씨를 보니 획수가 틀리거나 선이 비뚤어진 글씨가 있었다. 어머니는 웃으며,

"네가 한 공부는 내가 떡을 써는 것에도 미치지 못하는구나."라고 말하면서 다시 불을 끄고 이번에는 스스로 떡을 썰기 시작했다. 불을 켜 보니 모든 떡의 크기, 모양, 무게가 똑같았다. 이에 석봉은 크게 깨우친 바가 있어 다시 어머니 곁을 떠나 공부를 하러 갔는데, 결국 조선의 유명한 학자가 되었다.

똑똑한 일곱 살 아이

젊은 과부가 유복자인 일곱 살짜리 아이를 서당에 보내고 있었다. 어느 날 어머니가 맷돌을 돌리고 있는데, 아이가 서당에서 돌아와 맷돌 앞에서 장난을 치기 시작했다. 어머니는,

"공부도 하지 않고 그렇게 놀기만 해서는 안 된다. 지금 내가 돌리고 있는 이 맷돌을 가지고 문장을 만들어 보렴."

그러자 아이는,

돌이 층층이 쌓였지만 산이 아니고,
눈가루 펄펄 날리지만 찬 기운은 없네.
종일 걷지만 멀리 가지 못하고,
먹을 일 많지만 배는 부르지 않네.

어머니는 크게 기뻐하며 말했다.

"이 재능을 살려 더 열심히 공부해서 훌륭한 학자가 되어야 한다."

외통젖

옛날 어느 마을에 세상에 둘도 없을 정숙한 과부가 있었다. 모든 기예가 뛰어나고 전율을 느낄 정도의 미인이었는데, 같은 마을에 사는 부자 모모(某某) 씨가 부인을 잃고 외로워 이 과부를 후처로 맞으려고 여러 가지 수를 써 보았지만 돌보다 단단한 미인의 의지를 꺾을 수는 없었다. 마침내 계략을 세워 마을의 존위(尊位 지방의 향사 혹은 지방의 재판관), 두민(頭民 동네의 우두머리 역할을 하는 사람), 아전(서기), 이속(吏屬 서기), 사령(使令 마을의 심부름꾼) 등에게 뇌물을 주고 시킨 대로 말하라고 일러둔 후 군수에게,

나는 이 마을의 한 과부와 수 년 전부터 부부처럼 동거를 했습니다. 그런데 갑자기 말도 안 되는 이유로 그녀가 제멋대로 집을 나

가버렸습니다. 부디 명확한 판단을 내리시어 귀가할 수 있도록 조처를 부탁드립니다. 이상입니다.

라는 내용의 소장을 제출했다. 이에 원님이 과부를 불러 사정을 물어보니,

"옥보다 깨끗한 내 몸에 말도 안 되는 누명을 씌우다니, 너무 비참합니다."라고 대답했다.

원님은 "누가 까마귀의 암수를 분간할 수 있겠느냐?"라고 말하고, 잠시 생각을 하더니,

"그렇다면 마을의 존위, 두민을 불러라."라고 아랫사람을 시켜 그들을 불러 진위를 물어보았다. 그러나 존위도 두민도 적지 않은 뇌물을 먹었기 때문에 부자가 시킨 대로 대답을 했다. 이어 이속과 사령을 불러 물어보았지만 모두 한결같이 똑같은 대답을 하니 과부는 기겁을 해 사람들을 모두 물러가게 하고 목소리를 죽여 말하길,

"천지신명께 맹세하건데 그 사람과 동거한 사실은 없습니다만, 이렇게 된 이상 결백을 입증해야겠습니다. 사실 부끄러운 일이지만 저는 태어날 때부터 외통젖(가슴이 한 쪽밖에 없는 것)입니다. 만일 그자가 저와 동거를 했다면 이 사실을 모를 리가 없습니다. 부디 확인

해 주시기를 부탁드립니다."

원님은 그녀의 말이 옳다고 생각해 다시 부자를 불러,

"그 사람이 이 여인과 동거를 했다면 무슨 증거를 가지고 있을 것이다."라고 물었다. 그러나 역시 부자는 다르다. 전날 돈을 받은 사령 한 사람이 마루 밑에 숨어서 이 이야기를 듣고 재빨리 부자에게 보고를 했던 것이다.

부자는 "수년간 동거한 여자에 대해 어찌 모르겠습니까? 그녀는 소위 말하는 외통젖이라 가슴이 한쪽밖에 없습니다."라고 대답했다. 그 말이 미처 끝나기도 전에 과부가 천지를 놀라게 할 떨리는 목소리로 소리쳤다.

"천황씨 이래 이 세상에 외통젖이 있을 거라고 생각하는가? 자, 보아라. 이렇게 어엿하게 두 개의 가슴이 있다!"라고 말하며 가슴을 내놓으니 아무리 부자라도 두 손을 들었다. 황금도 미녀의 지조에는 당할 수가 없었던 것이다.

251

명신 윤행임 尹行恁

윤행임은 정조 임금을 모신 신하로 전라도 남원(南原)의 유명한 유학자이다.

옛날 왕이 명신(名臣) 윤행임에게 물었다.

"군주는 의를 행하고 신하는 충의를 다해야 하는데, 경은 신하의 도리를 지켜 짐을 거역하지 않을 수 있겠는가?"

행임이 대답하길,

"말할 필요도 없습니다. 불초하나 저 행임, 충의의 길은 잘 알고 있습니다. 죽으라고 하시면 당장 지금이라도 죽을 수 있습니다."

그러자 왕이,

"그럼 지금 저 연못에 뛰어들어 죽어보게."라는 엄명을 내렸다.

"예."라고 대답한 행임이 연못가까지 가긴 했는데 깊이를 알 수 없는 푸른 물을 쳐다보니 도저히 뛰어들 수가 없었다.

"왜 그러느냐? 목숨이 아까운 게냐? 지금 군주를 기만한 것이냐?"

이 말을 들은 행임이 대답했다.

"참으로 송구합니다. 지금 제가 연못으로 뛰어들려고 하는데 물속에서 어떤 망령이 나타나 제게 '나는 못난 임금 때문에 물에 빠져 죽었지만, 현명한 임금을 모시는 자네는 왜 이 연못에 뛰어들려고 하는가?'라고 하니 결단을 내리기가 어렵습니다."

이 말을 들은 임금은 크게 기뻐했다고 한다.

부기附記

一. 본서는 기지와 해학을 엿볼 수 있는 조선민족의 연구 자료를 수집, 편찬한 조선의 소화집(笑話集)이다.

一. 요디경, 개권희희(開卷嬉嬉편자 미상의 소담집(笑譚集)) 등의 언문 및 한문 서적에 실린 이야기, 조선의 노인, 지인들의 입에서 나온 156편의 이야기를 실었다.

一. 이 책에 실린 약 160편의 이야기는 보통의 이야기와 소위 말하는 언어상의 유희에 흥미를 둔 이야기, 두 가지 이야기로 나눌 수 있다. 필요하다고 생각되는 경우에는 주와 설명을 덧붙였다.

254

작품 해제

정인섭이 한국문화를 서구에 알리기 위해 런던에서 『한국의 설화 (Folk Tales from Korea)』(Routledge&Kegan Paul Ltd.)를 출판한 것은 1952년 의 일이다. 그리고 이 책의 기초가 된 것이 1927년 일본에서 출판한 『온돌야화』(니혼서원(日本書院))이다. 정인섭의 『온돌야화』에 4년이 나 앞선 1923년, 일본인 공무원인 다지마 야스히데가 한국의 이야기 들을 채집해 온돌방에 앉아 이야기꽃을 피운다는 뜻을 가진 『온돌야 화』(1923, 교육보성 (敎育普成) 주식회사)라는 제목의 책을 냈다는 것 은 매우 흥미로운 사실이다. 이에 본서의 번역은 당시 한국의 익살 담과 민담을 살펴볼 수 있는 동시에 한반도에 거주하던 일본인들의 생각을 엿볼 수 있다는 점에서 큰 의미를 가지고 있다.

총독부의 편수 서기였던 다지마 야스히데는 일제 강점기 대표적 교원단체인 조선교육회의 기관지인 『문교의 조선』에 글과 만화를 기고했는데 그중 56호, 58호, 60호, 3회에 걸쳐 「조선 샤레모노가타리(朝鮮洒落物語)」(1930, 『문교의 조선』)라는 제목의 글을 실었다. 이 「조선 샤레모노가타리(朝鮮洒落物語)」에는 총 31편의 이야기가 실려 있는데 이 글의 제언에서 다지마는 '샤레(洒落)란 언어에 있어서의 장난꾸러기이다. 장난꾸러기는 사장의 그릇은 아닐지도 모른다. 하지만 평사원에서 급사에 이르기까지 모두 근엄하기만 하면 그 사회는 얼마나 살풍경하겠는가? 여기에 장난꾸러기의 존재가치가 있다. 언어에 있어서도 마찬가지이다. 이것이 「조선 샤레모노가타리(朝鮮洒落物語)」가 있는 이유'다'라고 쓰고 있다. 이처럼 그는 '언어가 주는 재미'에 큰 의미를 부여해 일본인들에게 '한국의 웃음'을 소개하고 있다.

　「조선 샤레모노가타리(朝鮮洒落物語)」의 가장 큰 특징은 31편의 이야기가 모두 동음이의어, 혹은 비슷한 발음의 단어에서 생겨나는 우스운 이야기들로 구성되어 있다는 점이다. 이 책, 즉 『온돌야화』의 아홉 번째 이야기인 「경성 상인이 시골 사람에게 당한 이야기」와 같이 '옷입니다'라는 뜻의 '옷이요'라는 발음과 '이리로 오십시오'의 '오시오'의 발음, '잣입니다'라는 뜻의 '잣이요'와 '먹다'의 높임말인 '자시다'의 명령형의 발음, '갓입니다'라는 뜻의 '갓이요'라는 발음과 '가십시오'의 '가시오'의 발음이 같은 데에서 생겨나는 해프닝들을 모아놓은 것이다. 그는 이와 같이 한국어의 동음이의어, 혹은 비슷한 발음에서 생겨나는 이야기들을 31편이나 수집해 자세한 설명과 함께 일본인에게 소개했는데, 이는 그가 한국어에 대해 지대한 관심을 가지고 있었음을 시사하고 있다. 이 31편의 이야기 중 15편의 글은 『온돌야화』에도 실려 있다.

『온돌야화』의 특징 중 하나는 한국의 습관과 풍습, 그리고 사회상을 소개하고 있다는 점이다. '조선에서는 한 번 시집을 간 여자가 남편 이외의 남자와 얼굴을 맞대고 말을 섞는 것은 아녀자의 도리를 잊은 조신하지 못한 행위로 여기고 있다'는 여인의 몸가짐에서부터 조혼, 무당과 미신, 기생, '조선의 욕 중에는 인간을 짐승에 비유하는 욕이 아주 많다'는 욕의 특징에 이르기까지 다방면에 걸친 풍습을 소개하고 있다.

또, '양반은 상류층 또는 문벌이 높은 사람을 가리키는 말로, 조선 고래의 3대 계급-양반, 상민, 천민-중 상위에 있는 자이다. 동반(문관이 될 수 있는 집안)과 서반(무관이 될 수 있는 집안)을 합쳐 부르는 호칭이기도 하다. 내지의 사족과 같은 것으로, 옛날에는 상당한 영향력을 행사하곤 했다. 상민은 일반적인 농공상(農工商)에 종사하는 자, 천민은 가장 비천한 종속으로, 가축의 도실, 버드나무 세공, 가죽 세공 등에 종사한다. 백정이나 배우, 중과 비구니, 창기와 노비, 무당 등을 말한다'와 같이 조선의 신분제에 관한 설명이 매우 자세한데, 일본인들이 이해하기 편하도록 '이전에 조선의 양반과 상민의 관계는 옛날에 내지의 사무라이(侍)와 초닌(町人), 하쿠쇼(百姓)의 관계와도 비슷하다'와 같이 일본의 경우를 예로 들어 설명을 하고 있다.

여기서 주목해야 할 것은 총 160편의 이야기 중에서 양반과 위정자, 특히 군수의 어리석음과 아둔함을 조롱하는 이야기가 12편에 이르고 있다는 것인데, 스스로도 '한 가지 두려운 것은 이 글이 군수와 생원들의 분노를 사는 것이 아닐까한다'고 적고 있을 정도이니 조선의 양반에 대한 조롱은 다분히 의도적이라 해도 과언이 아닐 것이다.

또 이 책의 서문을 오구라 신페이(小倉進平)가 썼다는 사실도 흥미로운 사실이라 할 수 있다. 언어학자이자 한국어 학자인 오구라는 동경제국대학 문학부 언어학과를 졸업하고 1911년 내한하여 총독부 편수관으로 근무하면서 한국어를 연구하기 시작해 1926년 경성제국대학이 설립되자마자 교수로 취임해 한국어 연구에 적지 않은 영향을 미친 대표적인 한국어 연구자이다. 특히 그는 방언에 관해 비상한 관심을 가지고 있어 팔도 방언을 채집해 집대성한 「조선어방언의 연구」(이와나미쇼텐(岩波書店), 1944)를 출판했다. 그리고 이 책의 편

258

자 또한 함경도 방언에 관한 논문을 발표한 바 있어 같은 주제에 관심을 가진 두 사람에게 모종의 교류가 있었음을 상상하는 것은 그리 어렵지 않다.

　마지막으로 일본인 독자들을 위해 일본어로 엮어진 이 책에는 일본인을 위한 단어 설명이 곁들여져 있다. 예를 들어 바가지는 '박을 갈라 속을 도려낸 용기', 사발은 '사발(직경 5, 6촌(寸) 정도 되는 도기로 된 식기'라는 식의 설명이 바로 그것이다. 원문에 충실하기 위해 이러한 주는 원문과 같이 괄호 안에 표기하였고, 역자 주는 본문 하단에 따로 표기하였음을 일러둔다.

저 자

다지마 야스히데田島泰秀

1893년 10월 가고시마鹿児島현에서 태어났다.

1914년 3월 한반도로 건너와 같은 해 4월, 조선 공립 보통학교의 교사가 되었다. 이후 함경북도 경성 공립보통학교, 경성 매동 공립보통학교의 교사를 역임했다. 1921년 1월 총독부 편수서기 겸 학무부 편집과에 근무하게 되는데 주로 조선어 독본을 편찬했으며, 같은 해 조선어 장려 시험에 합격했다. 1934년 8월에는 총독부 군수에 임명되어 평안북도 선천군에 파견되었다. 일제시대 대표적 교원단체인 조선교육회의 기관지인『문교의 조선』에 글과 만화를 기고했는데, 특히「조선 샤레모노가타리(朝鮮洒落物語)―」(1930,『문교의 조선』56호),「조선 샤레모노가타리(朝鮮洒落物語)二」(1930,『문교의 조선』58호),「조선 샤레모노가타리(朝鮮洒落物語)三」(1930,『문교의 조선』60호),「아리랑고(考)」(1933년,『문교의 조선』95호)등은 그가 한국어에 얼마나 많은 관심을 반증해주고 있다.

공역자

신주혜辛株慧

1975년 서울 출생. 고려대학교 일어일문학과, 동대학원 박사과정 졸업(문학박사) 현 고려대학교 일본연구센터 연구교수.

주요 저역서에 『여자라는 것』(도서출판 작품, 2005), 『〈식민지〉 일본어 문학론』(공역, 문, 2010), 『조선 속 일본인의 에로경성 조감도』(공저, 문, 2012), 『교환살인에는 어울리지 않는 밤』(역서, 지식여행, 2013) 등이 있다.

채숙향蔡淑香

1976년 서울 출생. 고려대학교 일어일문학과, 동대학원 박사과정 졸업(문학박사) 현 백석대학교 관광학부 일본어통·번역 조교수.

주요 저역서에 『〈식민지〉 일본어 문학론』(공역, 문, 2010), 『제국의 이동과 식민지 조선의 일본인들』(공저, 문, 2010), 『조선 속 일본인의 에로경성 조감도』(공저, 문, 2012)『약해지지 마』(역서, 지식여행, 2010), 『타력』(역서, 지식여행, 2012)『삶의 힌트』(역서, 지식여행, 2013) 등이 있다.

일본명작총서 **19**
식민지 일본어문학 · 문화시리즈 **15**

온돌야화

초판 인쇄   2014년 3월 20일
초판 발행   2014년 3월 31일

저   자 | 다지마 야스히데田島泰秀
공 역 자 | 신주혜 · 채숙향
펴 낸 이 | 하운근
펴 낸 곳 | 學古房

주   소 | 서울시 은평구 대조동 213-5 우편번호 122-843
전   화 | (02)353-9907 편집부(02)353-9908
팩   스 | (02)386-8308
홈페이지 | http://hakgobang.co.kr/
전자우편 | hakgobang@naver.com, hakgobang@chol.com
등록번호 | 제311-1994-000001호

ISBN   978-89-6071-373-4 94830
        978-89-6071-369-7 (세트)

값 : 13,000원

이 도서의 국립중앙도서관 출판시도서목록(CIP)은 서지정보유통지원시스템 홈페이지
(http://seoji.nl.go.kr)와 국가자료공동목록시스템(http://www.nl.go.kr/kolisnet)에서 이용하실
수 있습니다.(CIP제어번호: CIP2014010289)